中国散文 60 强

幽暗里的光

孙　郁 / 著

北京联合出版公司
Beijing United Publishing Co.,Ltd.

图书在版编目（CIP）数据

幽暗里的光 / 孙郁著. —— 北京 ：北京联合出版公司, 2024. 8. —— （中国散文60强）. —— ISBN 978-7-5596-7794-5

Ⅰ. I267

中国国家版本馆CIP数据核字第2024R3X413号

幽暗里的光

作　　者：孙　郁
出 品 人：赵红仕
出版监制：张晓冬
责任编辑：肖　桓
特约编辑：和庚方　张　颖
封面设计：立丰天

北京联合出版公司出版

（北京市西城区德外大街83号楼9层　100088）

三河市同力彩印有限公司印刷　新华书店经销

字数150千字　650毫米×920毫米　1/16　14印张

2024年8月第1版　2024年8月第1次印刷

ISBN 978-7-5596-7794-5

定价：65.00元

中华散文的文脉与发展

——"中国散文60强"总序

邱华栋

中国是诗的国度，亦是散文的国度。

穿越千年时空，从明清至唐宋，再由魏晋南北朝至两汉先秦一路回溯，汉语言文学中的散文实乃根深叶茂，硕果累累。无论是"唐宋八大家"之雄文美文，还是骈俪多姿的辞赋，以及名垂史册的《史记》《左传》，均为中国文学史上的璀璨明珠。"散文"与"诗"一道，成为中国文学的"嫡系"。尽管，后来从西方引进嫁接技术所催生的"小说"，大有"喧宾夺主"之势，终究还得"认祖归宗"，血脉和基因是无法改变的。

在中国散文流变历程中，曾出现过两次鼎盛期。一次是被文学史家所公认的"先秦散文"时期。其时，伴随着春秋时期的思想解放，诸子蜂起，百家争鸣，一大批散文家以饱满的气血、驳杂的学识和破茧的精神，创造出了散文的繁荣和辉煌局面，对后世产生了极大的影响。

到了"五四"时期，中国散文迎来了第二次鼎盛期。白话文如劲风激浪，吹刮和涤荡着神州大地。沉睡的雄狮醒来了，偃卧的小草开始歌唱。许多学贯中西的进步文人，肩扛文化变革的大纛，冲锋陷阵，掀起了一波又一波的新文学浪潮。《新青年》上刊载的散文，犹如一束束亮光，不但给人以希望，还给人以力量。"五四"以来的散文作品，无论是观念和主题，还是形式和风格，都跟以往的散文迥然不同。最具代表性的，当属鲁迅先生的散文（包括杂文），其刚健、凌厉的文质，疗救了中国散文长久以来颓靡不振、钙质疏流的顽疾。此外，周作人、郁达夫、朱自清、萧红、沈从文等一大批作家的散文创作亦各具特色，呈一时之盛，影响深远。

时代的前行催生了文学的发展，然而文学与时代有时并不同步甚至充满了"张力场"。"五四"的个性解放虽然催生了一批个性鲜明的散文精品，但这样的生态并未持续多久，中国散文的波峰出现了向低谷滑行的趋势。有论者指出，"散文在 50 年代既是对解放区散文文体意识的放大，又是对五四散文文体精神的进一步偏离。这种放大和偏离表现在个体性情的抒发让位于时代共性或者时代精神的谱写，政治标准优先于艺术标准，批判性为歌颂性所取代等诸方面。"（董健、丁帆、王彬彬《中国当代文学史新稿》）1960 年代初，散文创作一度出现了活跃，"专业"从事散文创作的作家群凸显出来，刘白羽、杨朔、秦牧相继登场，迅速成为散文界的三位名家。但他们的作品后人评价褒贬不一，认为其中颂歌式的写法较为单向，这种模式化的写作，不但对散文的建设毫无益处，反而扼杀了散文的个性和神采。

"文革"十年，中国散文更是一片凋零和荒芜，乏善可陈。1970 年代末，一些历经浩劫的作家开始复血，解除思想枷锁，重新拿起笔来写作，中国散文才又凤凰涅槃，焕发生机。加之各种文学刊物纷纷复刊和创刊，以及大量西方文化读物的译介出版，更为这些饥渴、桎梏太久的散文作者提供了登台亮相的舞台和瞭望世界的窗口。

1980 年代初期，伴随改革开放的热潮，思想解放大旗招展，文化随之繁荣，诸多承续"五四"精神的作家以笔为旗，抒发胸中压抑既久之块垒，出现了一批抒情性质浓郁的散文，使得现代散文这块"百花园"芳菲争艳，蔚为大观。特别是 1980 年代中期，随着作家主体意识的不断强化，中国文学开始呈现出一个崭新局面，作家从"集体意识"中抽身而出，重新返回"个体"，注重对生活的体察和内在情感的表达。这一时期，散文的艺术性得以强化，文本的精神内涵和表现空间得以拓展。

进入 1990 年代，社会发展日新月异，城镇化进程锐不可当，文化领域亦呈多元格局。各种文学思潮相互碰撞，人文精神的讨论更是打开了作家们的创作思路。"大散文"概念的提出，引发了散文界对散文的内涵和外延的重新讨论和界定。风靡一时的"文化散文"热，成为文坛上一道靓丽的风景。"新散文""原散文""后散文""在场散文"等散文流派"你方唱罢我登场"，争奇斗艳，各领风骚。

及至二十世纪末，一批深具先锋意识和文体自觉的新锐作家，像一头公牛闯入瓷器店，使散文天地发生了激烈的碰撞和变化，形成一股新的散文潮流，提升了散文的审美品质和精神向度。

纵观 1978 年至 2023 年四十多年来，中华大地在"改开"的黄金时代中，社会生活奔涌激荡，各种思潮风起云涌，散文创作更是云蒸霞蔚、气象万千，涌现了众多成就斐然、风格各异的散文作家和具有思想深度、艺术上乘的散文作品。岁月的流水冲走了枯枝败叶和闲花野草，中流砥柱却巍然屹立。时间留住了新时代的散文经典，经典在时间的长河中绽放光芒。以沙里淘金的经典散文向"改开"的时代致敬，是我们不可推卸的责任和义务。

别看散文的门槛貌似很低，要真正写好，却实属不易。优质散文是有难度的写作，它不但需要作者的智识、胸襟、眼界、修养和气度格局；更需要写作者的态度、立场、慈悲、良知和批判勇气。遗憾的是，散文创作繁荣和光鲜的另一面，却是大量平庸甚至低劣之作的泛滥，不但败坏了读者的胃口，而且造成了物质和精神的极大浪费。散文作家层出不穷，散文作品汗牛充栋，可真正能让人记住的散文佳构却凤毛麟角。

散文要发展，文学要前行。发展和前行就要从平庸的樊篱中突围。在突围的过程中，散文作家不可太"聪明"，不可太世故，要永存对文学的敬畏之心。一言以蔽之，散文的尊严来自散文作家的尊严。也可以说，要想散文繁荣，首先需要有一批人格健全，品德高尚，铁肩担道义的散文作家。什么样的人写什么样的文章。特别是写散文，最容易看出一个作家的内在品质和境界涵养。一个人格不健全的人，哪怕他作文的技法再高妙，也很难写出撼人心魄、抚慰灵魂的散文来。作家精神品质的高低，直接决定其作品的精神向度。

为了散文写作的突围和发展，为了建设独具特质的当代散文，也是为了更好地从经典散文中汲取营养，我认为有必要正视和重申一些常识性的思考。高头讲章的理论是灰色的，常识之树却蓊葳常青。

一、作家的个体精神决定散文的优劣。常言道，散文易学而难攻。难在什么地方，不是难在技巧，而是难在作家个体精神的淬炼上。倘若作家的个体精神不够丰富，不够深刻，不够清澈，纵使他手里握着一支生花妙笔，也写不出令人称赞的散文。那么，如何才能做到个体精神的丰富性呢，这就要求作家时时刻刻不背离生活，要知人情冷暖，体察人间百态，关心民瘼，有忧患意识，不要做生存的旁观者。一个冷漠甚至冷酷的人，是不适合从事散文创作的。

二、真诚是确保散文品质的基石。散文创作跟作家的生存经验息息相关，可以说，真正优质的散文，无不牵连着作家的血肉和心性。作家的喜怒哀乐，悲欢离合，都或隐或显地暗含在他的作品中。假如在一篇散文作品中，读者既看不到作者的体温，又看不到作者的态度，那这篇作品或许就是失败的。说明这个作者在他的作品中"说谎"或"造假"，缺乏真诚之心。作家一旦失去真诚，为文必定矫揉造作，作品也必定会失去生命力。因此，真诚是散文的"生命线"，也是"底线"。

三、个性是促进散文生长的养料。人无个性便无趣，文无个性便平质。当下，每年都会诞生数以万计的散文篇章，但能够让人记住，且读后还想读的作品并不多，何故？概在于这些数量庞大的散文，无论题材，还是语感都千篇一律，像是从"模具"中生产出来的，缺乏辨识度。散文要发展，必须要求作家具有"个性意识"。"个性意识"不是标新立异，更不是哗众取宠，而是一种"创新意识"和"审美意识"。但凡在散文创作方面被公认的那些大家，都是"文体家"，他们以自觉的写作实践，开创了散文写作的新路径。不合流俗方能独步致远，推动散文的建设和繁荣。

当然，以上几点并非创作散文的圭臬，谁也没有资格去为散文"立法"。

散文是自由的创造，散文精神即自由精神。我之所以提出来，仅仅是希望引起散文同行们的重视和参考，共同为中国当代散文的发展尽力增光。

我们策划、编选"中国散文 60 强"（1978—2023）的初衷，旨在对新时期以来的中国散文创作作出梳理、评价和选择，试图精选出风格各异的代表性散文作家，以每位一部单行本的形式，呈现出中国新时期优质散文的大体样貌。此项目的发起人为资深出版人张明先生。多年来，他一直追求做高品位的纯文学书籍，也曾连续多年与中国散文学会、中国小说学会合作，出版年度《中国散文排行榜》和年度《中国小说排行榜》。2023 年他策划出版了《中国小说100 强》，反响不俗。身处喧嚣、纷杂的环境，能以如此情怀和心力来为文学做如此浩大的工程，不能不令人钦佩！

感谢张明先生邀请我和叶梅、冯秋子、陆春祥、吴佳骏、张英、文欢组成编委会，共同遴选出 60 位作家。我们在召开筹备会的时候，即将作品的思想性、艺术性、代表性以及影响力作为编选的基本原则。在确定入选作家名单时，我们认真商讨，反复研究，生怕因为各自的眼力、审美和趣味之别，造成遗珠之憾。好在我们的工作得到了作家们的积极回应和鼎力支持，惠风和畅，大地丰饶。

60 位入选的作家，既有令人尊敬的文学大家，如孙犁、张中行、汪曾祺、史铁生、邵燕祥、流沙河、刘烨园、宗璞、贾平凹、韩少功、张炜、梁晓声、阿来、冯骥才等。这批散文大家的作品，文风质朴、清朗、刚健，充满了"智性"和"诗性"。无论他们是写怀人之作，还是针砭时弊，歌咏风物，都有着鲜明的文化立场和审美取向。他们或出入历史，借古观今；或提炼人生，洞明世事，输送给读者的都是难能可贵的"精神营养"。

也有被散文界公认的名家，如李敬泽、王充闾、马丽华、周涛、冯秋子、叶梅、筱敏、张锐锋、周晓枫、于坚、鲍尔吉·原野等。这些作家的散文作品，特色鲜明，风格独特，诚挚内敛，从内容到形式，都作出了各自的探索和尝试，为当代散文注入了活力。从他们的作品中，我们不但能够领略汉语之美，更可以借此反观生活与存在，寻找人之为人的价值和尊严。

还有散文界的中坚力量和青年才俊，如彭程、谢宗玉、江子、雷平阳、任林举、塞壬、沈念、傅菲、吴佳骏、周华诚等。从他们的作品中，我们见到的，不只是中国散文的文脉传承，更是自由精神的张扬。他们文心雅正，笔力锋锐，不跟风，不盲从，始终保持着独立的思索和判断，在各自所开辟的散文园地中精耕细作，以崭新的姿态参与和推动当代散文的变革。

其实，细心的读者不难发现，入选本丛书的老、中、青三代作家都有个共性，即他们均在以自己的作品审视心灵，心系苍生，弘扬真善美，鞭挞假恶丑，充满了正义感和人道主义精神。这自然与时下众多书写风花雪月，一己悲欢，充塞小情趣、小可爱的散文区别开来。正是因为有他们的存在，中国当代散文才呈现出一幅绚丽多姿的长卷。

需要说明的是，有些重要的散文家，如张承志、余秋雨、王小波、苇岸、刘亮程、李娟等人，由于版权或其他不可抗原因，未能将他们的作品收录进来，我们深以为憾。

我们还要感谢北京立丰天文化传播有限公司的资金支持，感谢北京联合出版公司的精心编校，他们慷慨和无私的义举，对于繁荣中国当代散文创作、对于赓续中华优秀散文文脉、对于中国新时期的文化积累，均具重大价值和意义，可谓善莫大焉。这套丛书的出版意义将同《中国小说100强》一样，旨在给读者以经典的指引，这既是一项重要的原创文学工程，同时也是助力推动全民阅读和研究传播文化的公益工程。

郁郁乎文哉，中国散文有幸！

是为序。

2024 年 5 月 12 日星期日

（作者为全国政协常委，中国作协副主席、书记处书记）

目　录
Contents

夏多布里昂

回忆录大概是外来的概念，似乎是受到了洋人的影响才有的。时间当在民国初，那时中国的读书人模仿的对象一是俄美，二是英法。在我的印象里，吸引国人最多的文本大概是法国吧。法国人的艺术感受和历史观念，我们在十七世纪的文献里就可感受到了。我记得曾读过"五四"学人的文章，意思是法国的历史观和文学观，更能开启人的智慧。刘半农、徐旭生等人当年写作时，就讲到过法国文明的深厚。那是不错的。我们从一大批画家的从法国学来的精神，就能感受到那个民族的锐气。文学也好，美术也罢，其力之大，人人都可感受些的。一对比，就量出轻重来。现在回看，说一句难听的话，洋人的那些状态，我们仍未能真正学来。好的回忆录，洋人的数量要比我们多。

曾经读过夏多布里昂的《墓中回忆录》，很是诧异于一百多年前法国的文人生活，情感和学术眼光，在今天的中国文人那里也是新鲜的。这是一本十分别致的书，中国这样的回忆录几乎没有，在思想的力度和情感的丰富性上，可吸收的东西太多，阅后不仅是思想的启示，还有艺术之美。关于回忆录，我读过许多，印象里没有谁把经历写得那么宗教化，诗与史间是玄学式的冲动。对夏多布里昂，我知道得很少，只是看过《基督教的真谛》的片段，基本情形是不了解的。奇怪的是，作者写以往的生活，不是自炫和布道，而是增加了诸多生命哲学式的体验。写法精致，每每有创造地营建。像一部伟大的艺术作品，其审美的享受不亚于思想的快慰的。就像读到米勒的绘画一样，色彩、哲思、旋律相互撞击着。国人的作品，似乎还没有谁在精神的层面上让人眼睛一亮的。中外文人在心思和趣味上，真真是不同的。

看洋人的书籍，精神是飞动的。他们萎缩的时候和失败的时候，也能挣扎着，喷出思想的血色。卢梭回望己身的生涯时，是灵魂的裸露，不乏残忍与玄思，心灵的东西殊多。也把时代的风俗点染出来了。泰戈尔的自传写得儒雅，印象是宽宽的海，融下无际的存在。其笔触波澜不惊，思想是放达的。纪德的谈自我，精巧而多致，是大家的手笔。和他小说一样有耐看的地方。高尔基的文字是流水般的，永远涌动着忧患和向往。单纯里的复杂和复杂里的单纯，交织着思想的风潮。可夏多布里昂对自己里程的描述，却是黑暗里的烛光。像但丁的《神曲》一样九曲十折。一边是无际的苦海，一边乃不灭的火光。他自信、高傲、落拓、迷茫。描写这些时，作者是有宗教的情怀的。而且妙语连珠。他在日常中常有生动的发现，对自己的败笔和无聊也毫不掩饰。我注意到他对政治和社会运动的兴趣和对哲学、诗的兴趣一样高涨，独处时的安然和接触革命实际时的心态，各有特点。看法未必精到，有时也可能是反历史的。重要的在于，他拓展了灵魂的深，是人生的艺术的内省。我相信在书写的过程，作者有着小说与戏剧式的快感。透着译文的节奏，我依稀感到了思想与诗的攀缘的疏朗之美。

中国人为什么不会在回忆录里呈现类似意向，是大可深思的。奇怪的是几千年来，文人不太去写自己的身世，开掘自己的时候迟迟不来。唯有颂圣和咏史时，大显身手。在一个大一统的世界，哪有自己的天地呢？头脑早就被孔老夫子给收买了。司马迁在一篇短文里写到自己的经历，也只是一闪的观念，不敢深写。曹雪芹连一点痕迹都不肯留下，只得在小说里将真事隐去，假语村言，仅恍兮惚兮，借了神仙家语和佛学的谜句。毕竟不是历史的原境。倒是鲁迅、张中行厉害，在《朝花夕拾》《流年碎影》里讲出民生的苦楚，把自己的困境统统描述出来了。这也是唯有"五四"之后才有的事情。民国之前的书籍，可有这样的文本么？

现在是新世纪，情形自然与过去不同了。自从网络出现，个体写作的隐私态渐多，个性的作用增大了。可是我们的作家很有意思，当没有个性的时候，是愚钝的。而到了相对放松的环境时，想象力也只在三寸之下。毫无宏阔放达、高远的一面。夏多布里昂的时代，写作的时候还能见到个体与世界的眼光，彼此分开又重叠着，私人话语和公共话语的深度都有，美学的与史学的存在亦现。智慧在那里是燃烧的火，生命的躯体从历史的河床穿过，激起哲学的和诗人的涟漪。我梦想着也能看到类似的回忆录，可是几十年间，除了张中行、章诒和等少数人外，几乎没有多少耐看的忆人叙旧之文，想想不禁为之黯然。

诗外的哥萨克

　　普希金的诗里常出现哥萨克的意象。我那时很小，喜欢普希金，学俄文，对那个国度满是好奇。哥萨克的影子在普希金的诗里是血色和浑厚的，点缀着他的诗的美。但飘忽不定，从未清晰过，一晃就消失了。这也没有使我有想去了解那个神奇的民族的冲动。只是在读了巴别尔的《骑兵军》，才知道那样血腥的民族深厚的故事。哥萨克的历史与亚洲关联很大，后来扮演了涤荡欧洲的角色。有关的资料我接触得很少，巴别尔感性的画面，包容了太多的内涵，他把哥萨克的性格立体化了。

　　关于巴别尔的艺术，最早由鲁迅、周扬等人介绍，近来因戴骢、王天兵等先生的鼎力推介，在中国读者里有了一定的反响。我很喜欢巴别尔的小说，他给我的刺激比任何一位中国当代作家都要大。《骑兵军》与《敖德萨故事》是神异的存在，谜一样的词语连着人性的极限和认知的极限。上帝与流民，神灵与兽欲，和洪荒般的暮色贴近着，每每使人有着战栗的快感与不安。巴别尔给了我们太多的神奇，高不可攀的结果，只能满足于一般的阅读的享受，也没有细究的愿望了。那也是不求甚解的意识使然吧？

直到《哥萨克的末日》出版，我才知道巴别尔精神背后的谜语，它们一一浮出水面，一些朦胧的意识现在有了轮廓。作者王天兵的气韵是从轰鸣的历史深处流出的闪光，将俄国社会的一片盲点照亮了。这是巴别尔研究的向导，直指中国读者未曾体味的世界，包括中国近代史的一隅也面目清晰了。如果不是这个凶悍的民族，俄国的扩张也许是另一个色调。我这才明白，普希金的诗句何以在哥萨克的节奏里流动着那么动情的音符，也许是从中眺望到了无常的命运？

巴别尔的不凡之处是，那么生动地描述了真实的哥萨克，将古老的犹太文明与一个强悍的民族的骑兵队搅动在一起。最柔软的与最惨烈的绘制出人间斑斓的景致。形成它的原因是什么，对读者是不可思议的光环。如果不是王天兵这样有心的人，我们大概还不会理解深层的问题。《哥萨克的末日》不是一般的文学研究论著，它涉及的内涵太多，历史学、宗教、欧洲风土，俄国革命，政党文化，屠犹痛史，苏波战争……巴别尔的丰富也导致了《哥萨克的末日》的丰富。我想中国的小说家除鲁迅外，没有谁能像巴别尔折射出如此丰富的内涵。在这个意义上，探索哥萨克的秘密，实在是值得的。一个惊动了世界的骑兵军，以古老的方式，进行着革命名义下的屠杀，我们如果从苏维埃的思维方式，可能不会得出复杂的结论。问题是诞生了巴别尔的表达式，它不是犹太教的，也非斯大林的，和高尔基小说也大相径庭。以反逻辑态的视角记录战争，对世人来说是大难的。只有上帝之手才能创造这样的文本。我们汉语写作者的精神，有时在词语的囚牢里待得太久了，巴别尔的世界是没有囚牢的。

最初读巴别尔的《骑兵军日记》时，被他的光怪陆离的碎片式的语句惊呆了。他笔下的哥萨克和列宁的语录似乎没有关系，可是他们却是在履行着列宁的精神在进行一种残酷的战争。无数不相关的语境相关了。战士与妓女，正义与屠杀，最快慰的选择是最不人道的戕害。这时候你会觉得，词语已经没有意义，既成的概念在哥萨克的血迹里显得多么可怜！巴别尔的价值是在荒诞与残酷里指示了思想的盲点，变化的观念与不变的习俗演示着人间的百态。《哥萨克的末日》对此间的细节的读解令我欣喜，一个非逻辑的存在，被科学的严明的语态叙述着。一般的读者只是沉浸在惊奇的感受里，《哥萨克的末日》却回溯到精神流动的源头，巴别尔的神奇在于表达了精神的无数种可能，哥萨克的与他既远又近的关系，刺激了内心。最高远的精神期许与最原始的野性雄风在此碰撞出罕有的词语奇观。这就是世界。野蛮与文明，对立着又混杂着，试看近年有战争的地方，何尝不是如此？

对比是有力量的。我由此理解了鲁迅为何喜欢俄国的小说了。因为血腥里的游民，也折射着中国的过去与现在。英国、美国的贵族文学怎么能满足鲁迅这样的写作者的愿望呢？我们有过水泊梁山，有张献忠、李自成，有义和团的队伍。这些缠绕着我们的历史。对比俄国的小说家，中国的文人涂饰太多，将无数惨烈的影像引到空洞的词林里去了。鲁迅当年称赞巴别尔是世界性的作家，不是没有道理。像《骑兵军》《敖德萨故事》《骑兵军日记》这样神异的书，我们在汉语作家里，还没有遇到。

普希金让我瞭望到诗里的哥萨克。巴别尔则使我感受到了诗外的哥萨克，那个撕毁和破坏一切的烽火，我们的历史也曾存有。一个血性的民族留给人的尽是诗的谈资，那自然美好，可是诗外的存在对世人更有诱力。因为我们都在一个粗糙的世界生活着。那是没有办法的。

马克·吐温

　　我和黄乔生去加州伯克利大学时，在图书馆里遇见了马克·吐温的塑像。雕像很传神，马克·吐温坐在板凳上，祥和地看着周围的一切，似乎期待着什么人的到来。几个学生围绕在周围，好像铜塑的老人也参与了交谈。宁静的图书馆因为雕像的存在，突然动了起来。

　　友人戈瓦利斯介绍，旁边有一个马克·吐温的纪念馆，不妨去看看。这个意外的相逢，成了此次造访的亮点。我在博物馆多年，对人物类纪念馆有点亲切感。想了解的不都是人物本身，还有陈列理念等专业的异同。马克·吐温纪念馆不大，展览的东西也有限。手稿、图书、照片，都很引人。设计者对作家的生平表现得别具匠心，在不大的房间里折射出难言的历史。作家生前的影像资料吸引了我，看到马克·吐温洒脱的样子，和他作品里的意蕴是吻合的。这个对底层生活颇为了解，又有批判意识的作家，对现在的美国人的影响有多大，不得而知，但受到后人的敬重是无疑的了。没有想到在这里还看到了作家的几幅绘画，是漫画草稿，和一些文字夹杂在一起，颇为好玩。据说这些是他写小说时候的人物原型，马克·吐温把这些人以动物的形象标记下来，真是滑稽极了。这个人通体是幽默细胞，绘画时的心态一定是轻松的。他嘲笑着什么呢？有没有自己在内？我以为在他轻快的笔触下，性灵里的童趣也飘然而至。一个对世界有好奇的人，才会有所发现。而好奇心的背后又有悲悯之音和批判意识，则更为不易。马克·吐温的深切，是超出了一般书生的单一情感的。

年轻时读《一个坏孩子》《竞选州长》《百万富翁》等作品，对这个美国作家颇有好感。马克·吐温的作品幽默之后有隐痛的东西。他的叙述很智慧，绝不书生气，善于调侃，下笔从容，风凉话与讥讽之语让人忍俊不禁。文字指东道西，远离道统，却真意在焉。那时候看到了那么多苏联的小说，多是悲怆不已的东西。而这个老马却天马行空地奚落神灵，没有庄重的庄重，没有神圣的神圣。和俄罗斯传统相距甚远。那时候我才知道，幽默的作品不都是为艺术而艺术的，实在也是写实的一部分，而我的早期教育里，缺少的是这类的传统。

橱窗里有多幅作家的肖像，画家传神地把这个天才的形象描摹出来。不知道这幅肖像画的作者是谁，但我想一定是颇为了解作家的人所作的吧。在大学里办几所作家纪念馆，很有意思。中国的厦门大学就有鲁迅纪念馆，日本东北大学有夏目漱石手稿陈列室，使校园有了特别的内容。博物馆与大学的互动，乃一道风景，不知道世界上有多少大学做到了此点。可惜我看得不多，细细想来，其实这里是大有文章可做的。

果戈理之音

　　果戈理二百年诞辰要到了，据说俄国与乌克兰都要有些纪念活动。中国人对果戈理的认识，与鲁迅有些关系。翻译果戈理作品的人很多，鲁迅也许最特别，不仅学会了其间的笔法，也把灵魂的有无问题，引入白话文的语境。记得先生还介绍过阿庚的《死魂灵百图》，对美术青年的影响是不可小视的。我在丁聪的漫画里就看到了阿庚的影子。他一生都在《死魂灵百图》的氛围里。这个话题很有意思，由文学经典到美术经典，涉及也许不都是美学上的东西。

　　中国艺术家描绘过果戈理的人很多，每一幅都有着背后的故事。空泛之作自不可免，真意者却多多。刘岘的这一幅作于1962年。在他众多的作品里，不算是突出的。但能读出他的苦心。我猜想一定是果戈理的文字感染了他，一直以来有着果戈理的情结。刘岘生于1915年，逝于1990年。他早期的作品受到鲁迅的《野草》影响很大，幽远、沉郁，闪着灵光。也为陀思妥耶夫斯基的《罪与罚》作过插图。但他最擅长的是写实的表现，在凝视现实时，勾勒着灵魂的隐秘。他表现中国乡村与战争场面的作品，有着地火般的热度，苦难与绝望被他遒劲的笔触掠过后生出挣扎者的伟力。画家曾刻过普希金、托尔斯泰的肖像，好像有许多无词的言语在。在刻画他们时，诗一般的惆怅与神往我们都能感受一二。也缘于此，当创作果戈理的肖像画时，其笔力的分量一看即明。在看似简约的笔触里，情思之长，隐含在浓淡之迹间。

关于果戈理在中国的传播，可以写一本厚厚的书。茅盾写过《果戈理在中国》一文，资料颇详。自然，这个俄文作家引人的地方是喜剧智慧里暗含的悲悯与痛楚，他的作品幽默里是无奈的感伤，有讽刺，亦带泪水。对人性的恶的剖示极富功力。大凡读过他的作品的人，印象深的是对世俗世界无情的展示，每个活着的人物都似从画面中走出来。鲁迅看重他，在晚年苦苦翻译《死魂灵》，大约就是感动于他的"含泪的微笑"。没有伪饰的艺术是真的艺术，也最易抵达人心。我们旧的小说家，很难做到此点。刘岘的木刻昭示的就是这个存在。他对俄国文学的感性的理解，也透出一代人的心思。

鲁迅博物馆里一直想安放一尊果戈理的铜像，这个愿望由来已久。在鲁迅生活的院子里，现在有裴多菲像、藤野严九郎像。西方与东亚的代表都有了。其实鲁迅对俄文作家的兴趣最浓，果戈理无疑是一个代表。鲁迅以来，无数中国艺术家对这个用俄文创作的人大感兴趣，深层的原因是什么，值得一思。我们的写作中，附庸风雅者多多，自怜自爱者多多，睁着眼睛读人与读世，就有限了。这是否是果戈理之音时常在艺林中响起的原因，颇可思量。一个作家时常让人思念，或许是我们身边已经没有类似的人物的缘故。

威尔第

　　自从维克多·雨果的作品《国王寻乐》被改编为歌剧《弄臣》后，威尔第的声名飞翔了一个多世纪。故事的神奇与乐曲的精妙，乃哲人才有的智慧。此后威尔第为《茶花女》所作之曲，真的撼天动地，才华耀世。这个天才的作曲家没有暗袭前人的旋律，而是独步乐坛，以宽广摇曳之姿与悲悯苍冷之叹，俘虏了人们。记得曾看到意大利艺术家演出的《弄臣》，心神为之舞之蹈之。我听着威尔第创作的乐曲，惊讶着西洋歌剧的表现手法，那里有着天人之际的神秘、宿命，连同悠远的梦一起书写着苍凉之梦。快乐的与绝望的，暧昧的与爽朗的，颇为奇异地交融在音符之中，每每听之，好像触摸到了威尔第的神性。

　　弄臣的形象在音乐里被描绘到极致，所有的人物的表现都不及他触动人心。威尔第把复杂而惨烈的旋律给了他，阴险而温情的世界恰恰指示着人性的多极性。西洋歌剧和中国的京剧真的韵致有别，后者的脸谱化大概迎合了民众的心理，甚少考虑冥冥之中的那个神异的存在。威尔第的表现完全是个体的独创，沿着陌生的路攀缘极巅。我们的京剧在曲调上有一套模式，其审美方式不同于洋人，也曾醉倒了几代国人。西洋歌剧的不同是心灵和上苍交流着，把我们拽向遥远的天际。我觉得我们的秦腔倒是有一点这样的架势，让我们神移到无限之境。现代以来的作曲家，似乎难见威尔第式的才华与中国乡间民谣的伟力。要是比较一下彼此的优长，我们今天的歌剧有所进展也是可能的。

在剧作里把精彩的旋律给了小丑式的人物，且让其成为作品的主导，在我们过去的戏剧里不大可能产生。这里有审美的因素和传统的定力在，一时说不清楚。我在看剧的那一天得到演出的资料，见一幅弄臣的画像，觉得很有意思。这是剧团的演出标志，亦为招贴画。我们看到它，不觉可笑，倒多了对人欲的复杂的感叹。雨果妙哉，威尔第亦妙哉。从一个复杂人物身上引申出恶魔与天使的对立，不也有宿命般的隐喻？历史乃难言之物。雨果与威尔第写出了其间的内蕴，后人于此不仅窥见人性的隐秘，也有诗意的隐秘，在这样的作品面前，会觉得一切理论的陈述都有点苍白，生命的苦乐是难用理论解说的。艺术家在语言、色彩与旋律间贴近了人性，我们接近这些的时候，才猛然感到，理论对感性世界而言，总有盲点的地方，而天才的艺术家是穿越盲点的。

我们能预测到什么

　　闲翻着《骆驼草》杂志，见七十余年前北京文人的文章，有着很复杂的感受。北大有位叫徐祖正的教授，现在人们已很少提及他了，曾写过一篇关于文学争鸣的文章，言及文坛的走向，说过一句语重心长的话，大意是：文人们争论得越多，越会远离着艺术自身。徐祖正不是预言家，但批评文坛的劣迹，却一针见血，有些手法，好似也是对今天的发言，还击中着要害。我由此而想起上个世纪初，一些名声显赫的人对未来文化的建设性的预测，大多失灵，倒是批评性的警告，至今还颇有生命力，于是便想，预言家是个危险的"职业"，为未来指指点点，后来也被后人所指指点点了。

　　十年，二十年，乃至百年后的文坛是个什么样子，是个不好谈的话题。我自己对此茫然得很。只是觉得，在谈到将来时，最好的办法是想想过去，看看今天是怎样被前人所规定的。我们有时，是生活在历史的长影里的，比如生活环境、语言方式、思维习惯，无处不在传统的影子里。我有时走在北京的胡同里，常常想想，这脚下的土地，不知曾掩埋了多少故事，说不定现在，我们还重复着他们一些人相近的生活。每每这样想，就有着悲凉的感觉，人间的进行，非进化论可以解之，有时还在循环，或原地不动。历史的残酷，就这样的。

前一段时间集中读长篇小说，作者大多是当下走红的人物。但是我在这些作品里，很少有深切的心灵悸动，更多的时候，感受到的是文字游戏，或一种智力模仿。文本都似曾相见，又说不清在哪里见过。我们正生活在一个精神平庸的时代，可大家却泰然着，并未觉得些什么。看新生代的作品，有许多是有趣的。但我们的许多作者，并不知道过去，对脚下的历史，所知甚少。所以那文本的价值，都是有限的，生长不出什么新意。我想起曹雪芹、鲁迅那些人，不仅是用生命的写作，也是以历史的目光，洞穿人生，那含义，就非停留在简单的层面上的。所以，我以为文学与艺术，是个复杂的存在。作家不必都是历史的解释者，或者写了历史的重大事件，但他必须是清醒的历史感动人。赵树理只写农民，他的文章却透着浓浓的多情，以及古中国文化的脉息，谁不喜欢呢？前些天遇到位很有才华的作家，我曾建议不妨看一点旧书，因为那里有今天可以镜鉴的东西。我读经典的，野史性的著作时，在那文本背后，常常嗅出历史的气息。可当下的小说，不知道怎么，大多食之无味，没有悠长的余韵。想了想，得到的结论是：我们这几代人，对历史过于隔膜。就是说，不知道自己的生活的定位在哪里。现在的孩子，连"文革"是什么，都不太清楚，何况对更久远的过去的体味呢？

所以，我的观点是，倘谈未来，预测一下明天，最好的办法，是重温一下过去。哪一些是有用，哪一些该扔掉的，都非一两句话可以说清。我们知道的永远是过去与今天，但却非未来。黄裳晚年，只写历史掌故与书话。作为记者，其经历的复杂化，一点未能进入文本，只是把己身的感受，写到对历史的读解里了。克罗齐有句名言：一切历史都是当代史。这一句话常被人引用着，但他并未预测未来，因为明天的事情，谁也说不清的。

文学是个不好描述的存在。新的艺术的出现，往往不是对历史已有经典的简单借鉴，在我看来，还有对教训的总结。王朔的出现，就是对教训的警觉之故，是对历史丑陋的叛逆。因为知道了昨天的悲剧，才有了新的精神。还记得"五四"初，钱玄同、刘半农的文章，其实不是对前人的模仿。他们知道了古文的弊端，便从自己出发，写出了新的文学。所以，一方面知道历史的沿革，另一方面呢，又不累于古人，于是便有创新。文学的演化，有时候就是这样的。

上个世纪初，梁启超在《新中国未来记》一书中，曾热情地用小说笔法勾勒了未来。如今读来，先生的构想，大多落空了。倒是那些不相信"黄金世界"的人，给我们留下了切实的文字。于是我想，我们这些人究竟在何种层次上可以预测明天呢？未来的艺术是怎样的艺术呢？这都不是一两句话可以说清楚的。但是，从以往的教训看，大凡乐观地向人描述未来的人，要打一点折扣，倒是那些深入历史与现实，懂得一点挫折的人，可以给我们一些启迪。我们何不去从那里讨论问题呢？

改变世界的一本书

　　上个世纪末，美国的《户外》杂志，曾举行"改变世界的十本书"评选活动。入选的著作之一，就有英国的吉尔伯特·怀特的《塞耳彭自然史》。这是一本很有趣的书，问世于 1789 年，距今已二百余年了，周作人在 1936 年曾撰文介绍过此书，且译过其中的章节。但全书的面貌，国人尚不清楚。前几日忽看到缪哲先生的译本，便一口气读下来，像进入奇妙的天地，新奇、感动、快慰便联翩而至了。书的内容丰满，译笔亦佳，真真是相得益彰。说它曾改变了人们的思想，我以为不是夸大之词。

　　不知道缪哲先生的年龄和状况，他的名字对我还有一点陌生。但看那译文风格，很有周作人的遗风，读来深厚古雅，英国随笔的精妙与中国小品的冲淡均属于其间。写散文的人应当喜爱它。这一本书让我想起域外的两套书：《昆虫记》和《瓦尔登湖》，它直接影响了达尔文，对后来的植物学、动物学、生态学等，都有不小的辐射力。格兰特·艾伦在评价该书的作者时说："他代表了科学之哲学精神的黎明。

从不小的程度说，他是莱尔、达尔文、斯宾塞、与赫胥黎这一代思想巨人的先驱。"一本书会如此深地感动着后人，或许是缘于它的超常性和个性。而几百年间，中国却从未出现过这类的作家，这是我们应深感汗颜的。

《塞耳彭自然史》是一本通信体的散文。吉尔伯特·怀特借着诗性的语言写花鸟、植被地理、山色，乃至物种生态，可谓包罗万象的科学家札记。文体的特别且不说，仅那看事物的态度、逻辑形式、大的爱心，确是卓立世间的。作者写昆虫、动物、草木、气象等等，是唯有科学家才能为之的。书中处处有好奇之心，但那好奇不像中国文人，仅止于审美的层面，而是它自然玄理，有生的力量，绝无泛道德化的视角。所以我读这书时，一是增长了常识，懂得了先前懵懂的东西原是另一种存在；二是感染了赤子之心，在察物、缘性、达理之中，看到了通往科学的道路。不知怎么，我读《山海经》《水经注》诸书时，仅有审美的满足和卧游的快感，但这本《塞耳彭自然史》，却让我经历美的沐浴之后，有种思考的冲动，才明白中国文人的书写过程，缺少了一种什么。吉尔伯特·怀特也是个乡村诗人，对自然有强烈的爱恋，他的触觉和想象甚至比职业作家更为鲜活，该书倘若停留在这个层面，大约就会有些问题。聪明的作者也无意在此久久驻足，关注点却在对自然规律的冥思里。如致丹尼斯·巴林顿的书简中，谈及了对回声的研究，有这样一段文字：

> 做这一类试验时，我们必须记住：气候和一天的早晚，对回音是大有影响的。阴沉而潮湿的空气，会减弱、阻碍声音的传播；酷热的阳光下，空气是稀薄的，故声音走起来，将龟步迟迟；而乱杂的风，将击溃所有的声音。在寂静、清新、多露的傍晚，空气的弹性是最强的；天越晚越如此。

想象起来，回音是饶有趣味的，所以诗人们比之为人；在他们的手下，她是许多美丽的故事的起因。有用世之心者，也不必为着迷于这样的现象而羞愧；它可成为哲学或数学探讨的话题。

怀特在信中，不时地抨击英国绅士的迷信、模糊、似是而非，倒像对今天的中国人而言。置身于自然之中，听鸟鸣、物语，观四季山川草本，且成为其中的一员，忘记了尘世的荣辱，己身的苦乐。像一个万物之谜的解析者，从学理到诗性，无不逆俗超常，它在科学的层面和艺术层面上展示的内蕴，同代与后代之人均望而生叹的。

我对吉尔伯特·怀特的生平知之甚少，据说他的古典文学修养、拉丁文水平很高。有材料说他一生大半时期独居于塞耳彭，那么确是有些怪异了。一个学识很深的人，能潜心于自然里，又无天伦之乐，其爱其情，都献给自然了。他找到了花鸟草虫为自己的对象，且深深地潜身于此，寂寞着，寻觅着，自娱着。于是便有了如此沉静高雅的文字。天底下好的文章，大多出自寂寞人之手，我们写不出好的文章，想一想，是有些必然的。

到什么地方去

奥地利有位作家叫罗伯特·穆齐尔，曾经写过《没有个性的人》。这二部书厚厚的：分量很重。德语的作家大多有些玄学气，歌德、黑塞以来，好像都是这样。中国的作家们，现在讨厌在小说中说理，那自然是对"文革"记忆的一种反叛。不过罗伯特·穆齐尔的小说在说理的时候，并不让人生厌，我甚至还有几分喜欢。那些说教往往在人物的对白与描述中不经意地写出，并不让人感到生硬，比如第二部"如出一辙"有一段话：

> 在伯爵阁下在场时他称批评是无益的，现在这个时代是无神的，而且他还有次暗示，只有通过心灵才能从这种消极的生存中被拯救出来，并紧接着对狄奥蒂玛断言说，只有文化高度发达的德国南部还可能会有能力使德意志民族，从而也许也使世界摆脱理性主义和计算本能的骚扰。四周围着贵妇们，他谈到必须想办法做到内心温柔，以便使人类免遭军备竞赛和感情冷漠。他向从

事文艺创作的人解释赫尔德林的名言：在德国不再有人了，而是只还有职业。

读这一段文字时，我心里一动。觉得小说和哲学，实在也有一种亲缘的关系。德语作家一向喜欢感性里渗着哲思，不知道是文化心理作用，还是别的什么。歌德写作的时候，也向人类暗示过诸多意象，真是让人百感交集。前一段时间，有人提出让小说减负，越单纯越好，看来只是一种说法。条条大路通罗马，限定小说的样式，那就有点作茧自缚了。

人的要写作，要倾诉，是一种生存的方式。因为内心有话，希望靠着文字诉说，所以形态往往是驳杂的。小说的写法，其实多种多样。并不齐一。套路也会有种种。忽想起了废名，当年写《莫须有先生传》，就神奇得很，并不像传统的小说，但却有咀嚼的意味，文本的价值很大。后来的中国作家，不知道为何不在意此点。只是到了马原那一代，才有了形式的革命，小说渐渐开化了。一部小说史，其实也是人的观念流变史。探讨其中的隐秘，和哲学的思考，也有异曲同工的乐趣的。

我有时想，人大概是觉得精神没有出路的时候，才想起了写作。蒲松龄的《聊斋志异》、曹雪芹的《红楼梦》，都是潦倒时的产物。文也动人，字也动人，那是困顿时代的心性的折光，字里行间，有着无量的哀凉吧？姚雪垠在逆境时写下了《李自成》，就大气悲慨，读来有趣，待到成为名人，被养起来的时候，便有点做作，先前的气韵，倒消失了。罗伯特·穆齐尔写《没有个性的人》的时候，我以为正是内心焦虑的时候，他借着主人公，阐释了对世界的一种看法，矛盾、冲动、静想、无奈等等，都交织在一起。我有时不太喜欢作家过于自信的文字，因为有过"文革"的经验，对豪言壮语，有一种厌恶之感。人其实是很脆弱的存在，思想不过是脆弱的抗争。莱蒙托夫写大海、写乌云，其实是写己身的痛楚，正是那痛，唤醒了我们麻木的神经，使我们僵硬的躯体，也传来一丝丝律动，知道精神之体还有沉睡的地方，于是反省、自审。渐渐地有了一点升华。小说的伟力，大概就在这个方面。曹雪芹、吴敬梓的魅力，说不定也缘于此处的。

前几年，散文、随笔渐热的时候，便听到一种声音，说小说已经死亡了。可我读罗伯特·穆齐尔等人的书，倒觉得了小说的一丝丝希望。人类总要表达自我的，用声音，用色彩，用语言。而语言叙述又多种多样：每种形式的潜能，未必都调动了起来。问题是，大家喜欢说旧的东西的不好，唯独缺少对新形式的创新。日本有位画家叫东山魁夷，他的作品就十分有趣，将东方与西方的情调，结合得不错。我每见到东山魁夷的画时，就联想到文学，其实创作这一条路，从无定法的，倘若跳出旧路，敢闯禁区，说不定就有新的天地。美术这一专业，常常走在文学的前面。小说家的保守主义，或许是文体限定的，但一切文体，不都是来自人的创造？而创造，是没有止境的。

日本孤儿

　　二十多年前，我还是辽南某县文化馆的职员，从事创作工作。有一天，来了一位中年男子，手拿一大摞书稿，希望能在我编的小报上刊登一点。作者告诉我，他是个日本孤儿，中文名字叫什么，我忘记了，只记得他的日本名字叫近藤堂四。他很小就与父母分开，是中国人带大的。依稀记得，他的家在城郊的一个村子里，生活很苦，但对中国父母很有感情，中日恢复关系后，他去日本探亲，但只待了很短的时间，就回来了。他的夫人是乡下女子，好像有点残疾，身边还有两个孩子。只念了小学的近藤，在有了回国探亲的经历之后，忽有了创作的冲动。我们由此，有了一段有趣的交往。

　　他的文字并不好，错字和病句很多。但那些写在黄包装纸上的几十万字书稿，却很让我感动。他写了父母对自己的遗弃，写了中国父母对他的保护，以及"文革"中自家的磨难。那时中国的电影，有好几部描写日本孤儿，但我觉得，都没有他的经历那么生动。近藤的前半生，过得很清苦，一点也看不出外国人的影子，已完全中国化了。

辽南这个地方，曾被日本侵占，百姓们深受侵略之苦。我的三姨，就死于日本军人的刀下，那一段历史，怎么也是忘不了的。像近藤这样的人，也坦言那场战争的残酷，他告诉我，自己的父母所以到东北来，是被欺骗的。那时候他们一家人，是深切的人间悲剧。对日本和中国，都是一个灾难。

近藤堂四结构故事的能力不强，谋篇布局亦无技巧。读着他的书稿，觉得是满腹的话语，却不知如何倾诉，作品离出版还有很大的距离。他几乎每周都要来我这儿一次。谈谈修改的感想。我那时是二十出头的青年，对作品的把握，也浅薄得很。但我们一见如故，好像彼此都信任着，谈得十分坦率。后来，小报上登出了几篇他的稿子，在我们那个县城，有了一点反应。据他说，乡下的朋友知道了，都很高兴。至于那本书后来修改得怎样，出版了没有，就不知道了。

那时的辽南，有许多日本孤儿，年龄均在三四十岁左右。我父亲在农场时，就有几个类似近藤的人，似乎并未受到歧视，和大家处得十分融洽。但他们中，没有谁像近藤堂四那样，要将己身的历史记下的欲望。那些伤感的故事，至今已很少有人记得了。

其实我对日本人生活的认识，有许多来自于近藤先生。有一次他拿来在日本的生活照，让我大吃一惊。我第一次在他那儿看到彩照，原来照片还会这么美！我还在他的影集中看到了现代化的都市，那时对我这个闭塞的乡下人而言，是很开眼界的。此后我才知道，日本现代化方面，已经走得很远了。

我记得是一个雨日，近藤又来了。他向我索要几本稿纸，并提出借几本小说看看。那是个夏天，我刚考完大学，并告诉他，要去省城读书了。他的神色有一点激动，好像羡慕我的入学，说："我是失去读书的机会了。"那一天，他还说起了自己的婚姻，我隐隐地觉得，内中有些苦楚，我知道这不好多问，就匆匆分手了。

后来有位要好的朋友告诉我，近藤本想在日本学习一段时间。但他的唯一一个亲人——大哥经济拮据，他考虑到了定居的难处，只好提前回来了。我便想起近藤堂四和我说过的话：如果再有学习的机会，自己的小说，会写得更好些。

其实作品的好坏，与上学的多少，并不成正比。我后来在大学待了多年，写作却并无长进。近藤本可安心自己的创作，但沉重的农村家务，拖累了他。在连稿纸也买不起的时候，还念念不忘那段沉重历史的书写，回想起来，一直让我感动。

离开故乡很久了，亲朋故旧，音信渐阙。我不知道，近藤是否还在中国，如果在，也有六十岁了吧？后来听说，在中国的日本孤儿，大多回国定居了，近藤是否也加入归国的行列，不得而知。在东京庆应大学，我遇到过一位教授，东北长大，一口流利的中文，一问才知，和近藤的情况类似，已离开中国好多年了。私下问友人，才知道在中国的孤儿，数目很大，曾作为一种社会问题引起过关注。现在，这些人生活已安定了下来。年轻一代，大概已不了解那一段历史了。走在东京的大街上，有时遇到矮个子的男人，常让我想起近藤来。我多么希望在这儿遇见他。那是我有生以来，遇见的第一个有日本血统的人，我对东亚历史的感受，是从他那开始的。感谢近藤堂四，是他使我们对日本百姓生活，有了一种感性的认识。这认识，一直影响了我后来的日本观。

偶人种种

去清水寺是个夜晚，全城静下来了。通往寺庙的路，排满了店铺，铺前是纸糊的灯笼，没有一点现代的感觉。京都毕竟是座古城，像中国画里的唐宋旧影，走在街上，仿佛自己也成了古人，那一刻的感受，仅在西安的时候才曾有过。

日本的风景名胜，大多可体现出本民族的原本的东西。店铺里卖的，有扇子、陶瓷、风铃、丝织品等，均很精细，那质地的柔美，我在国内是未曾看到过的。我对工艺品向来不感兴趣，觉得伪饰者多，不及很有个性的艺术家的创作。那些工艺，大多固定在一个模式里，看几眼就乏味了。日本的工艺品虽也带有匠气，好像个个有着神气，连情感的差异也都可看出来。清水寺旁的店铺，总能看到一些偶人，引人久久驻足。它的奇特的美，用一两句话是说不清的。

偶人，是些既柔美又刚健的艺术品，让人联想起日本文化的两种因素：冲荡与沉静。这两种情感在日本的许多地方，都可看到。夏衍《懒寻旧梦》中谈到日本性格中对立的因素，就言及其精致、柔顺与狂暴两种存在。至于大江健三郎所说的"爱暖的日本人",我想,也不是毫无道理的。观看形形色色的偶人,也可想见日本的历史。那里的历史传说、寓言故事,都挺有趣。在很小的形象里,融下一道历史的影子,对我这样一个外国人,其新鲜之感,自不待言了。

日本的偶人,大概是民间艺术中,很有代表的艺术品种,在外交往来中,它是很重要的礼品。其中"市松偶人",名气很大,样子很天然,儿童纯真的感情,均于此有所表露。据说战后的日本首相出访美国,就以此为礼品,它的名气之大,可想而知了。偶人的品种有多少个,不太清楚。记得有"筒形偶人",是圆头圆脑的小木偶人,北京的画店里,偶见到它。"御所偶人",据说是京都一带才流行的,偶人身上贴着不同颜色的布,工艺细得很。还有"古装皇女偶人""博多偶人""京偶人""五月偶人""能偶人""文乐偶人""歌舞伎偶人"等等。这些作品大多取材民间故事,像"五月偶人",乃"桃太郎"的故事,在日本可谓家喻户晓。"古装皇女偶人"隐含着一个个历史典故,看着它,倘和史书的文字相印证,当可想见那流失的时光下的人生。正所谓"此情可待成追忆"。想一想昨日,人们的心,都会平静下来的。

多年前,我的妹妹从大连来,为我的女儿送来一只偶人,我那时很新奇,觉得这样有趣的艺术品,中国是出不来的。其实它的雕刻、装饰亦无奇处,只是神态与中国人迥异。我们的泥塑、木雕有些儒气,样子很憨厚,人性的东西多一些,但日本偶人呢,在平凡里,又有神性的东西在。你觉得那表情后,有异样的色彩,它们虽显得孤独,可背后像有什么在支撑着,精神中散出一种力来。即便在很和蔼可亲的人物形象里,依旧可见出超越世俗的品格,我以为它们很受人喜爱,原因就在这里。

清水寺旁的偶人,给我的惊喜确出于意外。以至走在街上的速度都降了下来。忽记得黄遵宪、周作人等来日本时的感叹,他们的诗文对岛国情调均有点爱意。周氏说自己于日本看到了古中国的一点形影，但我疑心古中国的情调与日本还是很有差异的。京都的建筑古色古香，有些仿唐的寺庙，确有神采。但那也是形象而神不像。在金阁寺、银阁寺，乃至清水寺，我的感觉和国内很有点不同。原因呢，我也说不清楚。

回国后不久，河野明子小姐忽来一信，云北京近期有个"日本偶人展"，望能参观。我心里一亮，觉得可以好好梳理"偶人"的历史了。那天我带了家人去观展，被那么多偶人所感动。在展厅徘徊的那一天，又想起了清水寺的那个夜晚。我觉得看日本的偶人，还是东瀛的小店铺里有趣，在现代化的展厅想象历史，不及在古老的遗址旁另有滋味。孙犁好像说过：在大书店里逛书，不如小书店里温暖，于高高的大厦里看书，竟没有野味读书快乐。看民间的美术品，好像也是这样吧！

华文报刊

留日的学子，有一个办报刊的传统。从 1897 年到现在，算起来有百年了。早期的华文报刊，梁启超、刘师培等起了很大作用。《清议报》《河南》《浙江潮》等，都是近代史的思想重阵。鲁迅最早的文章，就发表在《河南》《浙江潮》上，现在还时常被人提及。到了 2000 年，我去东京访问时，仍能看到多种华文报刊，但风格与先前大大不同了。和几位办报的朋友谈天，讲起晚清的学子在此办报的历史，格外兴奋，话题竟多了起来。读一读华文报刊史，有深深的沧桑感。中国百年的忧患，和这些报刊的命运是相互交织的。

到东京的第二天，便遇到了《留学生新闻》的老板麻生润，新上任的主编董炳月那天也来了。董炳月已是老友，毕业于北大中文系，后在东京大学得了文学博士。他是研究周作人的，在国内的时候就多次交谈过，彼此已熟了。此次在东京见面，知道他要接手《留学生新闻》，觉得是件有趣的事。我知道他是谙熟晚清史的人，那天夜里的小聚，让我想起当年许寿裳编《浙江潮》时的热情。在居酒屋里的对酌，恍然回到九十余年前，那一刻好似亲临了一次历史。我们的兴奋可想而知。

在日本留学的中国人，近三十万，是个不小的数字，每年申请加入日籍的，数目可观。这么多的华人，要真正融入日本社会，并不容易。记得在《新华侨报》上，看过旅日作家们的对话，内容是谈华人文化的尴尬。旅日华人，一方面远离大陆，另一方面呢，又和日本存在距离，于是便渴望有一个华文的圈子，将氛围搞得浓些。但看看上面的文章，觉得锐气远逊于梁启超那代人，文章的气脉，和周氏兄弟等人比，已大为不同。时光仅过百年，而心态与文思却判然有别，不知是进化之力使然，还是因为别的什么。粗略的印象是，晚清留日时代的文化气象，已远远过去了。海外汉文化圈的核心已移出了日本。

但我在报刊上，偶参读到一些佳作，像李长声的诗文，就做得不错。李氏文笔有知堂气，词章老到，语态温雅，学识见解四射，妙文多多。作者年近五十，满头华发，已很像日本人了。在海外多年，文气依然有故国之味，我以为十分难得。靳飞也是个多产的作家，在报刊上看到他的文章，觉得思路比过去开阔了许多，学术意识大增。比如他在报上写中日关系，谈晚清以来东亚之变，观点大胆得很，虽受到别人批评，依然不改己见。最有意思的是，还看到了去东大讲学的张颐武的随笔，有一篇叫《拒绝遗忘》的，写鲁迅与东亚的关系，已不同于北京时的视点，看问题已有了厚重感。张颐武到日本，审美观念略有变化，东亚精神圈子，毕竟与欧美不同。那篇《拒绝遗忘》所以让我印象很深，想一想，还是多了一种国际化的目光吧。阅读《新华侨报》《留学生新闻》等报刊，受益最大者，乃是思想多元，功利性因素略少，不像国内报刊泛道德气。但毕竟远隔故土，文脉上就显得平直，深厚之作殊少。华侨文化的尴尬，说起来是在这里的。

在日本每一天，都忙忙碌碌，晚上静下来，躺在床上，翻看自己唯一能看懂的报纸，完全放松下来，我的办报生涯已快十年了，对报纸有着很大的挑剔，但那些日子，却对日本的华文报刊，多了一种别样的情感。在国内的时候，看报只是浏览，望一眼标题就过去了。但在远离祖国的地方，看到用汉字书写的文章，却生出亲情般的感觉，连一些小的文章，都不放过。是好奇心使然，还是别的什么原因，我也回答不了。那时便理解了游子之意，也懂得了那么多的学子，何以要办一张母语的报纸。那其间固然有经济的因素，但我以为故国之恋，乡情互往，是主要的吧。

回国以后，常常还能收到《留学生新闻》之类的华文报刊，每期还是浏览的。看到上面留学者甘苦的文字，便想起在东大、庆应大学见到过的中国人。他们生活得不易，远不像国人想象得那么悠然。庆应大学的讲师吴敏，曾写过一诗，诉说过游子之意，可做参考：

> 沧海孤舟厌客程，
> 婵娟与共醉乡魂。
> 欲回故里求归宿，
> 岂料多情已不存。

这诗是在一份京剧票房的特刊里发现的，不知道在报上发表了没有。旅日的中国人，进也忧，退也忧，那些华文报章，流露的，常常是这一情感。我觉得海外华人的这一情感，是难以割舍掉的，谁叫大家都是中国人呢。

谁读懂了日本

因为不懂日语，我在东京完全像个聋子，靠的是"和文汉读"法去辨识器物。好在有朋友的引路，一切还算顺利。不过要读解日本，只能靠中国人写下的书籍。赴东瀛前，华人写下的书，看了许多部。全凭着这些书，我对岛国的风土人情，才有了大致的印象。实在地说，要是没有这些著作，对日本应从何处入手了解，还是个问题。

不料在东京的时候，一些留学生对大陆介绍日本的书籍，多有不满。那天涩谷的一家酒店里，和几位久居日本的朋友闲聊，发现他们眼里的日本，与国内宣传，距离很大。像《我所认识的鬼子兵》《我的留日生活》等，被众人大大地数落一番，认为不仅与生活渐远，品位亦低，是以大陆人的口味描写日本，真实的形态，反被遗漏了。

我近年来读了许多留日学生写下的书籍，知道了先前不了解的东西。像于君的《列岛默片》，李兆忠的《暧昧的日本人》，王翔浅的《东京告白》等等，觉得均有特点，但反差很大。学人中李长声，董炳月的态度，和李兆忠不同，作家中的莫邦富，与靳飞亦有区别。日本在中国人眼里，色泽是迥异的。李长声读出了岛国风情之美，李兆忠呢，却有许多愤怒的声音。靳飞在异国里生出缕缕乡愁，莫邦富却怀着矛盾的心境，其中故国之恋与寻找新梦的跋涉，看了让人为之心动。我在《新华侨》杂志和《留学生新闻》里，有时就能读出不和谐的东西。什么原因呢？问了几位友人，均含糊不清，我的疑惑也由此增大起来。

中国人之写外国，情感往往很复杂。介绍学术的篇什，认真者有之，卖弄者亦有之；至于域外的生活，苦诉的与自恋的掺杂在一起，味道不太一样。先前的时候，国人出于新奇，一些书十分好卖，但现在，除了留学指南之类外，国人大多不屑一顾，好像已疲倦了。以日本的话题为例，人们谈论它时，大多引用的还是鲁迅、周作人、胡适诸人的语录，当代人的日本观，似乎未有能及"五四"学人的。在东亚迅速变化的今天，文人的视野还依然如故，不知道是日本出了问题，还是我们出了问题。想一想此类现象，倒是让人感叹不已。

偶然在一家书店里，看到一本描写在日本恋爱的书籍，大致翻了翻，粗俗得很，和三十年代上海流行的秘闻写意一样，只是吊吊读者的胃口，别的东西，一无所有。记得还读过一些描述日本茶道、神道的书，大多绷着脸孔，没有性情。我觉得时下许多书，在学理上欠缺些什么。描述日本的文章，其一没有母语的力量，其二是对日本的历史，亦无切身的体验，所以我们读东瀛的精神，就不得不到鲁迅、周作人那里去找。李兆忠君告我，"五四"前后的留学生，和今天的留学生已很是不同，前人的思想确实厉害。在东京见到李长声，也谈及了这一点，他的文章很美，在我看来是旅日作家的佼佼者。李氏也长叹周氏兄弟的博大，要谈日本，知堂回忆录式的文字，我们今天的学子是写不出来的。这种看法，许多留学生也会有吧？

日本的难解是世人公认的，各国之中，如大和民族这般执着、勤奋，且讲究生活之美者不多。又因为发动过侵略战争，周边国家对其便持有戒心。韩国人与中国人对日本隔膜很大，但留学那里的人却惬意久待在岛国里。据说居留日本的中国学子有三十万之多，何以如此，留日生并不回答，也没有谁解释这个问题。留学生每每谈此，常将话题一转。我知道那原因，怕有"汉奸"之嫌，或不便说，或不能说，总之，日本之于我们，心里想的，和嘴里说的，好像不是一个存在。留美的学生与留法的学生，不这么温吞，不知道中国的日本学专家，有何解释？我从成田机场乘机回国那一刻，想想这些，有些糊涂了。

认识一个民族，视角总该有些不同，凝固于一点，当有问题。反华的人，其谬多出于此，盲目排外者，也是这样罢。

一百年前，中国人以日本为基地，开始了排满兴汉的运动。这个基地输送了大量人才，遂有了东京留学生的新式文化。百年后的今天，中国的青年大多做着欧美之梦，东京的华文写作，便清冷下来。但我偶在一两个作家那里，听到一点真的声音，那颤动的音符里，传达了一种期冀。可惜这期冀还留在岛国里，和大陆的同胞，有着些许隔膜。对日本的认识，还有很长的路要走。

这漫长的路，总是要有人去走的。

旧 迹

在东京的时候，有缘去了立教大学。这个周作人留学的地方，中国人不太知道。立教是所教会学校，波多野真矢正执教于该校。承蒙她的关照，我们几位去了教室和旧校遗址，考到了有趣的东西。波多野真矢正在研究周作人，她对周氏留学的历史亦颇有兴趣。那时她正在寻找周氏的档案，我的兴趣也因之加大，并希望能把周作人的资料整理出来，介绍给中国学界。回国不久，便得到了波多野真矢的文章，周作人早期生活的重要线索，在她的文字里出现了。这篇《周作人与立教大学》，解开了周氏的留学之谜，国内学界的兴奋，是不言而喻的。

波多野真矢介绍了立教大学创办的始末，也谈及了周作人在法政大学预科的情况。最有趣的是，看到了周氏的成绩单，连入学的表格也找到了。作者在文章中，多处纠正了周氏《知堂回想录》的错误，有些考据，亦颇有力，日本学人的细腻、严明，在文章中均可看到。我以为研究文化，这样的史料钩沉，其功德不亚于宏篇大论，可是长期以来，做这类工作者，却不多见。

周作人因"二战"中的失足，国人对其多是不屑一顾，多年来史料搜索不全，其研究远不及其兄鲁迅。我对周氏有许多矛盾的情感，但暗中喜爱他的文字是确实的。在日本和留学生交谈，不知怎么，都要言及到他。留学生对其学识，亦倍加赞叹，以为就研究日本而言，周氏仍是一流的人物，而其文字之美，与鲁迅不相上下。但是不知怎么，留日的学生，很少深入研究周作人，是价值判断与审美判断错位呢，还是内心有障碍，那就不知道了。

立教大学给我留下了美好的印象。我在那里看到了创始人威廉姆斯的铜像，和纪念碑。波多野真矢在《周作人与立教大学》云：

一八五八年（安政五年）德川幕府批准签订"安政五国条约"，从而结束了日本长达二百多年的锁国政治。根据条约，欧美国家可以在日本设置"居留地"，外国人在"居留地"内享受有永久租地权和自治权。这就和中国所说的"租界"是一样的了。

在东京的筑地，即现在的明石町一带，即被划为租界，修建起外国公使馆、教堂、医院、学校，成为西洋式建筑林立的外国人街，仿佛老北京的东交民巷似的。

欧美人士随之大量涌入日本。受美国圣公会派遣的传教士威廉姆斯（Channing Moore Williams）本来是在清国上海传教，据说他只用了两个月时间便学会汉语。威廉姆斯这时又赶在日本开国之初抵达长崎，后又到大阪。一八七三年他来到东京，次年就在筑地的租界创设了"立教学校"，最初只有五名学生。以后他又陆续办起"三一神学校""立教中学校""立教女学校""志成学校"等多所学校和几座教堂，因此在租界有很高声望。

教会学校对东亚的开化，起了很大作用。周作人对此亦不讳言。

记不得他在哪篇文章说的了，意思是，中国的白话文，与圣经翻译有关。初读此文时，我还是大学一年级的学生，很是惊讶。但后来想想，也是对的。周作人的希腊文，不就是在教会大学学到的么？中国人懂得希腊神话，周氏功莫大焉。而这，也有威廉姆斯的劳绩的。

西方的传教士，在中国的评价一直不高，日本如何看待他们，没有去问。但看到教会学校在岛国仍有一席之地，遂感叹东洋人的宽厚。日本一些知识分子认为，大和民族有小气的一面，可他们偏偏保留了西洋的文化之塔。是"脱亚入欧"之心使然的，还是别的什么原因，我一直不得其解。但就此点，如能写出书来，探讨一下，也有趣味的。

研究中国的近现代史，不得不看看中日的交往。中国人通过日本，了解了西方，这了解的过程，正是中国现代化的过程。可惜，由于军国主义的侵略战争，这种交往长期中断下来，此后，中国留学生的双脚，便更多地踏上欧美的土地，日本对当代的中国人而言，已很是陌生的了。

被遗忘的一页

从佐渡岛回到新潟的途中，我和刈间文俊坐在甲板上，突谈起日本的左翼艺术。海面的风很大，轮船在慢慢地驶动着，可我们没有丝毫的冷意，倒是被话题把心里烘得很热。那一次谈话引发了我对日本左翼文学的兴趣，觉得是个值得研究的题目，可惜，这沉重的一页，在今天快被遗忘了。

我知道日本的左翼文学，是因了小林多喜二的名字。他的译本在中国有多部，名气很大。另外还有二十年代末中国文坛的论战，从日本留学归国者的文字，曾怎样搅动了文坛。日本的左翼文学运动，对中国影响深远。郭沫若、郁达夫、田汉、胡风等人，都是通过日本而学到了无产阶级文艺理论。加之小林多喜二的成功，《播种人》杂志的辐射力，日本式的共产主义思潮，对三十年代中国文坛，是一种外来的力量，连鲁迅也因此而卷入到文化的争论里，看似中国文人之争，实则隐含着国际化的"左倾"思潮。这个思潮，到了八十年代末进入低谷，在时间上，不能算短。

刘间文俊告诉我，战后的日本，左翼思潮一直在知识界颇有市场，至少在电影界，就上映过许多反战、反天皇的片子，在民间很受欢迎。但是直到现在，我们中国人，并不知道。我也是第一次从日本学者那里了解了这些，新奇之外，心里的感觉是复杂的。

左翼文学，在今天已成了陈旧的名字，有谁还去关注它呢？但是东亚人的文化里，曾流淌着它们，至今还潜在地规范着人们，但是大家并不察觉。我一直认为，日本的激进文人和中国"左倾"作家，有许多相通的地方，而俄国知识分子那样的激情，我们是没有的。这原因我们都是东方人，知道封建的压迫是怎样的严重。另一方面呢，没有基督的神喻，精神很人间化。小林多喜二的《蟹工船》，德永直的《没有太阳的街》，就和高尔基的《母亲》不同，韵律是有差异的。藏原惟人和瞿秋白有一些接近，但他们的气质又别于普列汉诺夫和卢那察尔斯基。东方的知识分子，对传统的反抗，有很强的现实感，精神背后很少玄学的力量。但他们对人间的关怀，有一种暖意，现在偶读这些人的书，是可以感受此点的。

读二三十年代的日本左翼文人的书，才知道中国激进作家，和他们在心理上，距离那么贴近。片上伸的《"否定"的文学》，青野季吉《现代文学的十大缺陷》，很能代表日本文人的冲动感，这感受在阿英、冯乃超、成仿吾、李初梨等人身上，我们多少也可以看到。且看片上伸在《"否定"的文学》里自白：

否定是力。

委实，较之温的肯定，否定是远有着深而强的力。

否定之力的发现，是生命正在动弹的证据，否定真会生发那紧要的东西，否定真会养成那紧要的东西。

有否定而表现自己。有否定而心泉流动。有否定而自己看出活路。

片上伸的观点，是在介绍俄国文学时阐释出来的，很带批评家的色彩。日本文人的冲动，和本民族的传统，不知道是一种什么样的联系，这冲动从外表上看，乃俄国精神使然。他们最初接受了苏维埃精神的启迪，又把这启迪传入中国，在文化交流上，起到了桥梁作用。难怪日本青年在新中国成立时那么欢欣鼓舞，他们内心的情感，和中国大陆，确有一定的联系。

东亚诸国，为什么会产生左翼运动？对此的解释，已经很多了。说起来很有意思，左翼运动，一般都与文学有关。韩国的作家中，左派情结很重。日本著名的左翼人士，有许多以文学为业。人们所以卷入马克思主义思潮中，与西学东渐和资本主义压迫有关。资本主义方式进入东方，首先导致了旧的文化的倾斜，人民一方面沦为资本家的奴隶，另一方面，又承受着传统惯性的压力。有学识的和有良知的知识者，用文字喊出了他们的心声，寻找精神的平等、自由，正是东亚知识分子的共有的东西，今天来看那一段历史，固然有众多稚气的因素，但那种在强权下反抗的气魄，无论如何，都是动人的。左翼文人在文化上对主奴关系的反抗，对资产阶级文化的对抗，有许多可研究的内容，我们今天读了，仍有感人的一面。我们看一看日本电影评论家岩崎昶《现代电影与有产阶级》的文字，能够嗅出早期左翼学者的锐气，他们在物欲泛滥之中，力保人格独立的精神，在今天的中国，已不多见了。东方的反压迫者艺术，在粗糙、稚气里，透着人间的本色。我们在那些用血写下的文章里，确可以看到迷人的色泽。和那些仅醉情于小我，与享乐的文人比，这些文字更执着，更让人发现心灵特有的存在。

刘间文俊和我长时间地谈论过左翼文艺的话题，好像内中有不尽的情思，刘间说，他年轻时向往过共产主义，"文革"时来过北京。后来中国的巨变，使他对左翼文化有了新的认识。但中国的百姓，对这样的文人，知之甚少。似乎日本人，都是右翼似的。左翼文化，可以改变一个民族的历史，我们中国的今天，不正是在这历史的延续中么？

现在的青年人，尤其是中国青年，大抵已将红色风景忘却了。每每想起它，我就百感交集，一时不知说些什么。我曾那么深深地憎恶暴力，但细想一下，暴力正是暴力的结果。东亚的无产者文艺，恰是黑暗年代的产物。我们对它的成败得失，认识得不够。重新打量它，或许于民于国，是有利的。冷漠了那段历史，其实就漠视了今天。新左派的一些观点，常常与二三十年代的左翼思潮吻合，在今天已形成了新的力量，在未来的生活里，谁敢说不能掀起新的浪潮呢？

长崎一日

　　亚洲人对欧美诸国的记忆都很复杂。中国有过义和团运动，日本曾镇压过天主教信徒，血的流淌还记在史学的著作里。前几年遇到几位东洋学者，言及本国的开化史，有着难言之隐，语气背后，感情很是矛盾。西方人进入亚洲，究竟如何评价，殊难定义，这里遇到了价值上的难题。开化的过程，亦是恶的力量冒头的过程，所以怎样看待历史，总有不同的观点。事实判断与道德判断，有时是不能合一的。

　　我到日本的长崎，看到诸多洋人的纪念馆，便想起了百年前的那段历史。日本的开化，是从这个城市开始的。不过最初的国民，对洋人的看法并不太好，有时还有一点冲突。可是西洋的文化，毕竟有它的魅力，大浦教堂陈列馆有一段陈列便说明了问题。传教士起初到长崎，是受到重重阻力的，后来政府派兵还镇压过教徒。但是受到了西洋宗教感化的民众，在天主教受到迫害的时候，还暗中坚持着，涌现了许多感人的故事。西洋的感化东方，第一步是宗教，那里的精神给我们黄皮肤的人以惊异的感觉。其次大概才是船坚炮利，物质的东西。

所以有人说，征服一个民族，首先是征服民众的心，的的确确的。

长崎是个美丽的城市。站在山坡向下望，海港上停满了商船。西方的货物，最早在这里登陆，它在东瀛近代史上，有着不小的意义。我住的地方不远，有个公园，叫哥拉巴公园。这个公园是为纪念几个洋人而建的，处处是洋宅，建筑迥异于日本，一看就是西洋的风格。哥拉巴是个英国商人的名字，日本幕府末期来到长崎。友人介绍说，哥拉巴是为日本的近代化做出贡献的人物。他带来了采矿技术，修建了铁路，后来一直生活在日本，并娶了日本妻子。哥拉巴的故事，在长崎这里变得颇有人情，倒没有与掠夺、殖民入侵等词汇联在一起。日本人的历史记忆，就是这样的带有温情。

殖民入侵与文明东移，是个复杂的问题。哥拉巴是个赚钱高手，还是殉道者呢？日本人纪念他，不因掠夺而愤怒，倒是感激其带来了文明之火。此种气魄，中土的百姓是少见的。在北京，就没有利玛窦纪念馆，上海滩也找不到多少西洋商人的资料馆。中国的开化始于何时，进程怎样，有哪些人起到关键作用，都一片朦胧。我在哥拉巴公园闲逛的时候，就有一种隐痛，好像被刺伤了什么。正视历史，并不容易。这里的纪念馆，就公开陈列锁国时代歧视洋人的公文，以此反省当年的得失。而我们呢，不仅避讳，且又破坏，连一点有价值的文物也散失掉了。据说日本有一种强人崇拜心理，凡超过自己的，都虚心地学，拜其为师，甚者捧之为英雄。但中国的文人却往往说：我们过去，比他们阔多了，那语气，与阿Q是相差无几的。鲁迅当年，曾讽刺过我们的这些弱点。但这毛病，至今还未能改掉。

在长崎可看的地方很多，教堂、原子弹爆炸纪念馆、与荷兰贸易的纪念馆，以及豪斯登堡公园。近代以来，日本的光荣与耻辱，都写在这个城市里。长崎是个唤起人们记忆的地方，许多旧址，都让人流连。那天县知事领着我们众人，到了一个叫花月的餐馆用餐。那个地方很是隐蔽，古色古香，已有三百六十余年的历史了。据说孙中山当年也来过此地，不免生出幽情。主人还说，明清两代，中国的船员就常往来于此，带来了丝绸、字画、古董等等，日本人都热情地接受了。离花月不远的地方，还有几处中国式的古建筑。一座崇福禅寺，据说是中国人建的。另一座叫孔庙，典型的中土风格。这些古物，多少年来一直未遭破坏，倒仿佛让我们走进了自己的过去。不过，这里游艺室人很少，远没有哥拉巴公园、原子弹爆炸纪念馆等处人气旺盛。原子弹爆炸纪念馆，让人感受不一，看见那些血肉模糊的尸体，真不知让人说些什么。我只是匆匆一过，就溜出门外了。那一天在街上听到了一首歌，很是感伤，调子凄苦不已，问了一下同行的翻译，才知道是凭吊死者的歌。那是艺术家对这座城的爱与哀悼，听起来也变得忧郁了。歌词是：

> 故乡城市被烧毁，
> 亲人骨灰埋葬的焦土上
> 现今看见雪白的花朵
> 呜呼不得有原子弹
> 决不容忍第三枚
> 爆炸在地球上。

长崎在日本算不上大城市，规模与气象远不及东京、京都、大阪等地，但却是个使我感念的地方。离开它的时候，从飞机上俯瞰着这个绿色的世界，它的面目倒变得神秘起来，好像还有诸多未露的隐含，自己并未感受到。日本，就是这样一个让人说不清楚的国度，我们读它，是要花费诸多的气力的。

东京的雨

　　早晨起来，又下雨了。饭店周围一片寂静，一切都凝固了一般。拉开窗帘，望着雨中的东京，恍若又看到了东山魁夷的画，朦胧之中飘着几许神奇。秋雨中的城市是冷的，树木与楼房，都睡着。东京的雨下得温和，就那么细细地掉着，没有斜风的吹动。奇怪的是，我来此三次，都赶上了雨日，好像和它有缘一样。对这座城的记忆，与连绵的雨雾裹在一起了。

　　三年前的秋天，我和友人去看能乐表演，这里散场的时候，恰逢小雨。昏暗的街灯下，我们几个人匆匆地走着，好像走在浮世绘的画面里。那一天看了关根祥六的表演，第一次领略了能乐的魅力。走在东京的小巷，回味着刚才的演出，才真正体味了日本的色调。它的建筑、庭院，乃至雨中的人，都是我们在国内时感受不到的，有着浓浓的诗意。今年初第二次到东京，也遇上了雨，那一天我们去八千代出租公司参观，和公司老板在小巷里同行，很有风趣，也留下了很好的印象。穿过一条古巷，见到几位女子穿着和服打着伞慢行，步履轻轻，于是就想起了一些江户时代的艺术作品。日本的艺术和日常人的生活，十分接近。好像在哪一本书中看到过雨中的少女，画得简约传神，我起初以为不过是画家的想象，而实地走走，却是寻常之事。中国的江南小镇，有时候也能看到这类图景。戴望舒写《雨巷》，就点缀了人性的美，至今难忘。雨给了诗人与画家无数灵感，丰子恺写雨中的村女，汪曾祺写昆明的水色，都有绝妙之笔。这样的例子，一时是说不完的。

日本这个地方，四面环海，空气清新，加上多雨，显得格外美丽。东京还有一条大川，穿街而行，给城市带来丝丝生气。不过，据说中国大陆与蒙古国风沙，近来也吹到了岛国，雨中偶也多了尘土，令东瀛人大为不安。东京的污染，比之中国大陆，是少得多的，在我看来并不严重。可这里的人已大惊失色，以为是不好的征兆。我们久居大陆的人，已习惯了风沙与暴雨，干旱也好，水灾也好，变得并非奇闻，可精细、柔美的日本岛国，却受不了沙尘的惊吓。细细一想，还是在宁静不变的时空待久了的缘故吧？

现在又是深秋了，冷冷的雨预示着冬的前奏。早晨因为无法上街，便在饭店的书铺前转来转去。见书籍、画册印得都那么精美，遂想，日本的干净、精致与它的自然环境是否有关？喝茶是中国人开始的，但到了日本人那里，就有了茶道。我们那里平凡的事，在此却神秘化、神圣化了。禅宗，也是中国的专利，可日本人却用到了舞台艺术中，产生了能乐。这正如两国下雨的不同，中国的雨酣畅，日本的雨温和。中国的艺术粗犷、大气，日本的音乐、舞蹈细微、精美，二者的不同，一看即明。我有时想，郁达夫、周作人的文章所以带有柔软的气息，大概受到了日文的影响。川端康成的小说，永井荷风的散文，都有些精微，秀气，那是民族性格使然。我们这些外国人要真正领会其间的奥秘是大不容易的。

那一天去国立博物馆参观，天将中午时，从博物馆走出，雨仍下着。汽车在上野公园旁穿过，远远地看到了森鸥外的故居。那故居很像一家居酒屋，房子不高，深色的门透着古风。我的心不禁动了一下，雨中的森鸥外故居，如诗如画，便想起了他的小说《沉默之塔》，鲁迅曾经译过。据鲁迅介绍说，森鸥外的作品缺少热度，那也是引人注意的原因？我向同行的日本人问起了夏目漱石的故居，说是已迁移到了一个地方，保护了起来。可是来不及去拜访了。汽车在雨中走了很久，许多漂亮的高楼闪闪而过。但不知怎么，总忘不了上野公园旁的森鸥外故居，以为是个让人感怀的所在，应当感谢这连绵的秋雨，它给了我一个个交错的幻觉。它的冷与那位作家作品的冷，让我想起了许多日本知识分子的一种心境。东洋人有狂热的时候，亦有冷酷清寂的时候，而后者的意味，倒像是呈现了日本的底色。我对这个国度了解甚少，谈其冷暖毫无资格，但它在雨中的形象却给了我诸多的联想，甚至有写诗的冲动，为什么呢？我也说不清。

凡人的交往

说来惭愧，阅读鲁迅著作多年，却一直未细细关注他和日本人的深切交往，许多掌故，还留在浅层的了解上。日前突得余暇，躺在床上，认真翻看鲁迅致日本友人的信，发现很有意思。据说中日学者，有多位已注意了这个话题。我知道的，就有《鲁迅与日本人》《鲁迅：在中日文化交流的坐标上》多部著作。学者们破译这些，感兴趣的大多是其中的学理，那意义之大，自不待言。但我读先生与日本友人的信，以及他翻译的东瀛作家的作品，看到的是情感的一面，觉得先生对日本，有一种特别的情感。他的文章，从未有过"日本研究"之类的篇什，兴趣似乎不在学理之中。但情感却埋在心里，对岛国有着丝丝眷恋。看他的信，细心的读者是会发现这些的。

留学日本的时候，鲁迅和哪些日本人有过深深的交往，我们已不太知道了。他晚年在上海身边较亲的，就有多位东瀛客人。像增田涉、山本初枝、内山完造，都和其有较深的往来。我读鲁迅致他们的信，一是有感于坦率，没有一点名人的架子。二呢，是觉得他深味日本的国情，对友人多持理解的态度。鲁迅晚年的古诗，有许多是为日本友人而作，精彩的句子，在中日间广泛流传着。理解鲁迅的世界意义，我们自然要了解日本，以及日本在先生心目中的位置，这一点，是我很感兴趣的。

在目前看到的资料里，鲁迅最早与日本人的通信，是1920年。那一年，他在胡适处，看到日本的杂志《中国学》，内有青木正儿的《胡适为中心掀起文学革命》，提到了鲁迅的创作。鲁迅颇有些感慨，遂致信云：

> 我写的小说极为幼稚，只因哀本国如同隆冬，没有歌唱，也没有花朵，为冲破这寂寞才写的，对于日本读书界，恐无一读的生命与价值。今后写还是要写的，但前途暗淡，此处境遇，也许会更陷入讽刺和诅咒罢。

这样的文字，很像写给老友的，有倾诉的欲望。青木正儿引起鲁迅的兴趣，在于他了解自己的某些精神。而那时的初期白话文，我们中国学界，对此还较为冷漠。与海外的学人谈谈心境，是别有滋味的吧。

我一直觉得，他对日本文化人的态度，和中国的不同。对中国的同行，多带警觉，而和来访的东瀛客人，则可促膝而谈。晚年的鲁迅，除了和自己的弟子萧红、萧军、胡风等坦言相谈外，直诉衷肠最多的时候，大概在致日本人的信中。比如他和增田涉谈自己的苦境，与内山完造讲身体的状况，读了有一股股暖意。1934年7月30日，在致山本初枝的信中说：

> 凉快了两三天，近又转热。也只有再生一次痱子。杨梅已经

完了。我很佩服增田一世的悠闲。恐怕你也不知道他下次什么时候再来东京罢。乡间清静，也许舒服一些；但刺激少，也就做不出什么事来。不过这位先生是"哥儿"出身，没有办法的。周作人是位颇有福相的教授先生，乃周建人之兄，并非一人。我赠给增田一世的照片，照的时候也许有些疲乏，并不是由于经济，而是其他环境关系。我有生以来，从未见过近来这样的黑暗，网密犬多，奖励人们去当恶人，真是无法忍受。非反抗不可。……

鲁迅在杂文中，是没有这样的笔法的，只有和亲朋一起的时候，才发出类似的感叹。日本人在中国民众眼里，神道的东西过多，殊难理解，鲁迅却能从中看到另外一面：温和、认真、朴素等等。比如内山完造的性格，鲁迅就喜欢，和他的交谈，十分亲切。他死前最后的文字，就是写给他的。我记得鲁迅在《且介亭杂文二集》中，有一篇《镰田诚一墓记》，很有感情，文采亦佳。镰田诚一是内山书店的店员，鲁迅举办的几次德国、俄国木刻展，均由其布置，并照顾过鲁迅的家人。先生称其"笃行靡改，扶危济急"，评价不低。在镰田诚一身上，能见到日本普通民众可爱的一面，理解了鲁迅的这种态度，我以为也就理解了他的某些日本观。

我在先生的文字里，偶也看到过对日本有微辞的地方。那是对知识界的怪习惯，和军国主义的不满。日本的等级制，主奴关系，他就疏远。可民间的普通劳动者，就没有这些，他好像与其有许多的沟通。1934年，他在《从孩子的照相说起》中说：

我在这里要提出现在大家所不高兴说的日本来，他的会摹仿，少创造，是为中国的许多论者所鄙薄的，但是，只要看看他们的出版物和工业品，早非中国所及，就知道"会摹仿"绝不是劣点，我们正应该学习这"会摹仿"的。"会摹仿"又加以有创造，不是更好么？

在中日关系最困难的时候，他还这样坦言以告，正是言行一致的体现。我觉得在他的心里，有和日本相通的地方。比如坚韧，比如自信，比如真诚。他很喜欢日本的民间艺术，那其中，也印有自己的追求吧？1934年12月7日，他写给山本初枝的信，提及了浮世绘：

> 关于日本的浮世绘师，我年轻时喜欢北斋，现在则是广重，其次是歌麿的人物。写乐曾备受德国人的赞赏，我读了二三本书，想了解他，但始终莫名其妙。然而依我看，恐怕还是北斋适合中国一般人眼光。我早想多加些插图予以介绍，但首先按读书界目前的状况，就办不到。

浮世绘是日本古典艺术的一种，有一种特别的味道，和中国画似乎接近，而神韵不同。我猜想先生一定是看中其中颇有性灵的东西，其间不和谐的美，就很有崇高感，令人喜欢。但鲁迅的理解，可能还有别的什么。可惜他没有多说。

三十年代，有一种骂鲁迅的观点，说他与日本关系较密，有汉奸之嫌。先生对此，一笑置之，并不回击。国与国的交往，倘在官僚层上，不过形式主义或逢场作戏。而民间往来，则是另一个问题。鲁迅之于日本，属于后者，对日本民间的力量，颇为看重。晚年的他，几被人劝说重返日本养病，那里的景色、气候和百姓都有特别的一面，他怀念东京的生活。但另一方面，他又说，一旦登上岛国，恐被特务盯梢，殊为不便。那时的日本，左翼文人，是受排挤的，小林多喜二的死，就引起过世人悲愤，鲁迅还为此写过文章。百姓与百姓之间，没有区别。在我们这个东亚古国里，底层的民众，是有着同样的命运的。

看鲁迅与日本人的交往，觉得有一种世间上难得的情感。在中日交恶的时候，他对是非的判断，依然清醒，没有小家之气。在大处上说，他不是一个国家主义者，在小处看呢，还是以民为本，他眼里的各国百姓，是有相近的东西的。这东西，正是彼此相知的基础。我几次踏上日本的土地，不知怎么，有时就想起鲁迅的话，觉得应和那里的人们，促膝谈谈，知道我们的同类，如何地生活。虽然只是匆匆一瞥，所谈无非文学艺术，文物古董之类，受益匪浅，这样的交流，在中日民间，还是太少。现在想来，彼此的隔膜过深，不知道这样的隔膜，还会多久。

据说中日间的交往，比过去频繁多了。但我看到的，更多的是商业往来，政事互问，而文化的深交，却显得有限。现在的中国人，知道几部日本的当代小说呢？而日本民众，对当下中国艺术，也知之甚少吧？由此看来，和鲁迅那代人比，在某些方面，我们是退化了。

超人与禅

题目有点风马牛不相及。

因为在梳理鲁迅的藏书目录，涉猎到尼采和八大山人，于是想起超人与禅的话题。记得曾和友人讨论过鲁迅与尼采的关系，后来竟扯到了绘画与诗的问题。自然也牵涉到了八大山人。鲁迅喜欢尼采，也欣赏八大山人。看似没有联系，可是内在里是有逻辑的穿梭的。我曾与友人在江西看到了八大的几件珍品，被其灵秀大气的笔触所动。好像是禅又不是禅。异样的东西是浓厚的。那作品宁静又飞动，禅风暗袭，唯有超人才能有此气象的。那里散出的快感，虽与尼采的血色大异其趣，但在性灵飞扬的层面上，给人的都是一种惊异。

在我看来，禅的意象和超人的意象，改写了我们的艺术史。民国以降，读书人渐渐意识到了这些，摄取外来的理论都是很自觉的。尼采学说的接收和禅的研究都有了很大的发展。之所以如此，乃思想界的革新意识使然。鲁迅很早就意识到尼采学说的价值，1907 年写下的《文化偏至论》就大量引用尼采的思想。他后来翻译的《察拉图斯忒拉的序言》，把尼采的思想的要义领会得很是深切。尼采在中国知识界引起的革命，和禅宗当年带来的意识的变迁是同样的。因为都扩大了精神的空间，意识被否定的理念所昭示。有了逻辑上的飞跃，或是精神的逆转。禅的出现，促使文化史有了新的色泽。艺术里的空灵清寂的东西诞生了。我们在王维、白居易的文本里都能感受一些。尼采的引进中土，直接催促了鲁迅那样的人物的诞生。甚至郭沫若、高长虹在年轻时候都有一些类似的狂飙气。

胡适也是注意到历史里的激进主义和否定意识的价值的。他自己就赞美过尼采的思想。不过他对禅的认识比尼采的学说的理解要深。有学者说，胡适根本就不懂禅，可其写下的《禅宗是什么》《禅宗史草稿》《禅宗的印度二十八祖考》《中国禅学的起来》《中国禅宗的来历》等，对佛学的看法也非都是外行。禅的深切，乃有否定的思维，精神是腾跃的。不过就精神的冲击力而言，后来的尼采对知识人的震撼可能是最大的。胡适却没有注意到这一点。他自己无论在哪一方面，和尼采的距离都是很大的。倒是鲁迅深深地注意到尼采与东方文化的联系，且将其融到了血液里去。我有时想到他与鲁迅的分歧，与尼采的远近也不能不说没有关系。超人与禅，前者难学，后者难悟，就难度而言，有时并不分上下，但尼采的深切似乎更不易把握。

尼采的《苏鲁支语录》，和佛的讲演有些形式的相近。可是力度过大，别人是不及的。像是地下的岩浆的喷吐，带着热和恢宏之图。而我们看五祖和六祖的语录，哪有尼采那么的激烈？禅是静的盘思，在无声里得天地之要义。尼采却是轰鸣的，虽是孤独的行走与独语，可是弥漫着无边的蒸汽，让人无法躲逃那气流的冲击。他的语录和释迦牟尼的语录也有共鸣的地方。比如强调自我的体验与行走，真理来自苦难的行程里，认识可以超度自己的，改变自己的命运。尼采希望每个人都成为自己，而不是他人。而佛家的禅的理念，到了六祖那里，一切人都能得到妙意，看法是很近的。不过尼采的表现方式，有孤傲的一面，是惨烈的角斗，身上散出强烈的痛感。这是血写的文字，摇动着每个读者的心。可是禅宗却让我们沉浸到空妙的虚无里，自然是万念俱灭，与天地相依。尼采语境的出现，对中国旧有的话语方式是一个颠覆。鲁迅其实就承担了这一颠覆的任务。所以，当胡适与废名从禅宗里各取所需的时候，鲁迅却把反抗与破坏的理念译介过来，形成了一种超人的文本。激进主义与左翼文人的文字，都多少从尼采那里得到了什么。

顾随先生生前有一本书《揣籥录》，是谈禅的大作。他也懂得尼采，从鲁迅那里嗅到西洋的反近代的气味。他大概是现代史中对超人与禅的话题了解最深的人之一。因为他的气质里就有这样的因素。不过，在禅与超人之间，他喜欢的却是后者。尤其鲁迅这样的超人式人物，让其终生为之倾倒。禅语有时不免暧昧，隐曲，而尼采、鲁迅何尝那样捉迷藏呢？在一个缺乏个人的国度，尼采与鲁迅那样的力之美，实在是耀目的。

禅让人从顿悟里飞天，成为俗物的解脱者。超人却把变革的话语移到生命的过程，像一条河样流着。我有时想，胡适的静，大概是未能得到尼采的激流的冲击，所以，虽是文学革命的先驱，却没有激烈的文本。鲁迅不然，他从叛逆者的轨迹里找到独行的方式，永不满足，永在出走，在田野里求索着。说他是中国的超人，也是对的。

真正的个人主义者，如果没有尼采式的无畏的独行选择，不可能成为超人。可他却自己疯掉，路是难的。鲁迅决不妥协的一面，很像尼采，可他却与大地、民众连接着，所以是活着的英雄，没有把自己与泥土的关系斩断。胡适不喜欢超人，因为理性的价值比狂士的存在更为重要。也不想学习鲁迅，他或许觉得，痛感过多，搏斗愈烈，生命的美就损害了。

古老的禅曾使中土的文人学会了在寂静里超出万象，得到己身。那是古典的飞动，心是从容的。废名、丰子恺都多少学会了这些。鲁迅的不满于禅的地方是，太重于气的表达，多智少勇。尼采的超人，在智与勇的方面，比柔软之气要凌厉得多，是自新的精神的前导。于是剧烈、冲动、孤苦，在反现代性里逼近了现代性。一静一动里，都改写了我们的艺术史。这两个存在，本不该是对立的，实际却一直属于两个世界。好像是古今的不同。不过要是深入理解，我们现在流行的话语，似乎都不能解析它们，原因是我们的语言系统，和这两个世界实在是太隔膜了。这也就是我们今天既没有鲁迅，也没有八大山人式的人物的原因吧。

讥　语

康德一生的著述，给人印象最深的是承认人的有限性。这种看法来源于他的哲学理念的批判意识。康德以后，可关注的著作很多，但在我看来，引人的一般不是鼓吹某类学说的文字，而是批判性浓厚的作品。我自己读书的感受是，那些把对象世界说得锦上添花的好像街市的广告，总让人怀疑其间的水分。或者是一个泡影，随着时间的流逝就消失了。年轻时候盲从地跟着别人跑，读了许多八股的书，三十岁后才知道那里的问题。后来喜欢看那些直面现实的解析的文字，仿佛也可跟着作者剖析自己，印象里那些批评性的作品倒可一读，好似还在今天发生着效用。

但有人就会反驳说，只会挑毛病的不是本事，搞建设的才是可嘉的人。尼采不及黑格尔的地方，就是没有指出一条大道来。

我的看法却是，批判的文字看似是破坏者的力量，其实他们不知道，破坏的过程也是建设的过程。新文化运动打倒孔家店，却诞生了白话小说、话剧、新诗等等，那不是建设性的东西么？

于是我想起了关于幽默的话题。

我自己不懂得幽默，看见王小波的书就不时要笑起来。以为是高智商的劳作。高智商的人不太去讲智商的问题，就像搞笑的人未必去提倡搞笑一样。但是有趣的事情是，在文学史里，大力推介某种思想和理念的人，反而在这个领域没有什么成绩。倒是那些没有口号的人，写出了真的东西来。比如萧红吧，也算是左翼队伍的一员，理论的东西一点也没有，却在实绩上让读者刮目。可是当年大谈普罗文艺的人，现在已没有谁注意他们的文本了。

钱锺书先生在此方面颇有心得，他年轻时气盛，写了不少好的文章。其中之一就是专门讽刺文坛理论家的文字，或说是讥语一类的吧。比如林语堂当年大谈幽默，主张在创作里有会心一笑的东西，姑且叫作幽默与讽刺。可是我们看他的文章，几乎难见诙谐的智性，倒是反对大谈幽默的鲁迅，文字是忍俊不禁的。所以钱锺书在文章里说：

> 好像贾宝玉心目中的女性，幽默是水做的。把幽默当为一贯的主义或一生的衣食饭碗，那就是液体凝为固体，生物制成标本。就是真有幽默的人，若要卖笑为生，作品便不甚看得，例如马克·吐温。自十八世纪末叶以来，德国人好讲幽默，然而愈讲愈不相干，就因为德国人是做香肠的民族，错认幽默也像肉末似的，可以包扎的停停当当，当作现成的精神食粮。幽默减少人的庄严性，决不把自己看得严重。真正的幽默是能够反躬自笑的，它不但对于人生是幽默的看法，它对幽默本身也是幽默的看法。提倡幽默作为一个口号，一种标准，正是缺乏幽默的举动；这不是幽默，这是一本正经的宣传幽默，板了面孔的劝笑。（《说笑》）

许多主义和口号的高喊者，犯的错误也大抵是钱锺书说的幽默提倡者的错误。检查一下百年来各种思潮的起落之间的文人独白，都多少能看见类似的问题。所以就文化的建设而言，钱锺书看似是说讥语的人，他对文化的建设之功，也非一般人可相提并论。

在社会的一角说风凉话的人，大概都有点华盖运，不被大众喜欢。其实如果没有风凉话，那世间的人们不知要狂热得怎样。还是王小波，他就一直在不被人注意的地方写些不相关的东西。但切实、有力，是见血的喷吐，我觉得他对当代思想界的建设，其意义比那些只会讲口号的人大得多。现在大讲孔子的人多了，似乎都是他的徒弟。可是这样地讲章却没有一点新意，还是老调新谈，无非让人们走儒的路。这一条路我们已经走了两千余年，早已碰壁南墙。可是像胡适、鲁迅、王小波的路，还没有几个人走过。我们今天书界的不好玩或少趣味，大概和孔老夫子的空头徒弟太多有关。若是把孔子的那套和八股的那套当成建设性的正途，我们的文化就真的要睡觉了。

批评是文化的机油，当齿轮打滑不转的时候，它的到来就可以改变些什么。可是中国的批评一直滑稽得很，一是向来很少，不准或不会批评。另外呢，是流于酷评，不讲道理，一味地骂人。这是问题的两面，根底在于我们没有一个讥刺文化的环境。唯其如此，好的批评家才极为难得。刺耳的声音对我们来说，听得还是太少了。

史之影

　　久在和平的环境里如何展示战争？这个问题是十五年前碰到的。一位瑞士的画家到中国搞画展，我去采访，惊异于他的血色表达。问他问题的时候，画家的回答让我大吃一惊。他说因为没有经历杀戮的生活，靠想象来刺激自己。只有不平凡的瞬间，才能增长智慧。那只有求救于流血的题材了。我那时才知道，战争之于艺术，还有这样一个衔接方式，于是想到曾看到的一些好莱坞的电影，对死亡与恐怖的表现，或许基于同样一个道理？

　　直到大量接触二战的史料与战地记者的作品后，我才有了一个系统地读解战争艺术的机会，渐渐关注起这样的艺术形式。亲历血与火的艺术家，其实并非都是惨烈画面的。给我这一印象的是沙飞的摄影。他的鲜活的画面，使我目睹了人类爱欲的一隅。也因此，对战争艺术的理解，发生了一个变化。

　　对于像我这样没有亲历过战争的人来说，对历史的灾害的印象多来自前人的文字和照片的记载。中国古时战乱频仍，战争文学和兵法意识都很早熟，世人是公认的。然而沙飞的出现是一个奇迹。他的作品与孙子兵法没有关系，与象牙塔里的无病之吟没有关系。现代中国战争的记录里，沙飞表现了一种史诗加温情的思路。在史学的价值之外，他的特殊的审美风范，对于那些习惯于渲染惨烈的艺术家是个挑战。那些关于抗日战争的图片所凸现的意念是高悬在精神的天地间的。与诸种文学作品不同，他的艺术有着强烈的真实性，绝没加入任何鲜艳的色彩。他发现了战争生活里人的存在的多样性，人在被囚禁在死灭之谷的时候，赤诚和高贵的存在，竟是如此迷人。

在进入战争前线之前，他是个左翼的都市艺术家。因为拍照鲁迅而名噪一时。我很是喜欢那组鲁迅与青年木刻家的照片，在鲁迅的所有照片里，沙飞的那几幅是最为传神的。他有一双奇异的眼睛，善于捕捉人的思想的瞬间。鲁迅最温存的形影在他的镜头里得到了精彩的显现。这显示了作为摄影家的他的不凡的目光。在最为严酷的年代，他知道什么是精神之火，将那些神妙的瞬间一一记录下来。在他看来，这是自己的责任。后来他从上海来到抗战前线，所拍摄的作品几乎篇篇均好。我从他的女儿王雁那里，读到许多照片，兴奋是无法言表的。这些作品自然而有情感，是诗的流淌，滋润着每个阅读它的人。那种用爱心浇注的图景，把国人内心深处的东西还原了出来。他的作品有浓烈的现代感，看人的目光是人道的，有悲悯的意味。绝无静止的色调，与整个时代的风云连成一片。那么波澜壮阔而气韵生动，在他之前，国人的战争叙述多是呆板的。而他将此完全改写了。

沙飞的战争摄影流动着深沉的情思，绝不是浅薄的纪录。他善于从一些特定的角度刻画人的内心瞬间的变化。我觉得也借鉴了版画的手段，在黑白的反差里暗示精神的变化。总的印象是大气、委婉，又不失柔美之态。他捕捉的军人姿态都是有血有肉的，没有僵硬的样子。战俘的片影很是真实，日常化的影子把杀气驱走了。但战争的破坏性表现又很是独到，从百姓的神态里读出忧戚及不甘于沉落的坚韧。那一组在长城的镜头，是史诗般的闪光。天空、大地、山脉及人的雄姿，镶嵌着一代人的苦梦，仿佛是黄河大合唱的注解，传达的幽思让人久久沉思。他对人物的把握是有穿透力的。白求恩的那组镜头，温润而美丽，在他的神色里，闪着迷人光泽。周恩来与马歇尔的会面的场景，难得地折射出中美间的复杂氛围，透过画面我们可以联想起许多历史话题。聂荣臻将军与日本小姑娘美穗子的一组写真，尤为震撼人心。在血腥之间，超民族的爱心，直到现在依然让人感动。沙飞是懂得爱惜人间情感的人。他从平常间发现的那一切，是对战争的控诉。并非如怨如诉地高喊，而是静水深流地涵咏，把摄影与精神的翻转摇曳置于一个世界里了。

几乎所有的图片都带着激情。他不是被动地随着部队行走着，而是宗教般地变成队伍中的旗帜。在贫瘠和苦境里，他开掘出掩在地底下的火种。那个岩浆般的激情把画面热烈得如朝霞般美丽。他的镜头一直寻找着令人兴奋的瞬间，哪怕这一切是短暂的。我们的左翼艺术家，曾机械地理解艺术与生活的关系，以为有了理念就可以解决一切了。沙飞几乎没有这样的痼疾，他的视野是敞开的，生活乃产生美的土壤，他站在大地上，看到泥土下面的世界。这样的气魄，是来自鲁迅的暗示还是别的哲思的启迪，理论家一定感兴趣吧？

浏览他的作品时，我想起了孙犁的一些短章。同在晋察冀地区，孙犁写下的文字，也是温情的流淌。沙飞在审美的深处和孙犁无疑接近得很。可他们未必相识，但都懂得战争的残酷和爱的意义。唯其如此，才在作品里流出那么多的迷人的色彩。在普通人的行为里，看到的是弥足珍贵的善意。这些让他们在冷酷里得以解脱，依偎在人性的世界中。战争不都是死灭，爱的升腾才是重要的。流血乃为了世间不再流血，枪战是为了世间不再存在枪战。所以，沙飞也好，孙犁也好，都回避了血淋淋的场面，从人的普通的生活里打捞严酷岁月的遗存。因为不忍，所以幽情深深，那些作品仿佛夏日的小雨，润着残破的田野。我忽地想起鲁迅当年搜藏的苏俄版画，静静的顿河边的白杨和期待明天的姑娘的神色，都那么美丽。这些画面的柔情流动着无边的爱意，怎能一两句话说清。沙飞的眼光与格拉普钦科、法复尔斯基比，毫不逊色的。

这毫不逊色的原因还在于，他拥有着史诗的眼光，对宏大场景的把握颇为惊人。无论对鲁迅葬仪的表现还是抗战的队伍的描写，能从高远的层面处理画面。他知道那些人正在创造着历史，自然与社会，普通一兵与将军们，其背景都是阔大的，显示了一个时代的景深。行军队伍在山峦里的形态，是历史长影的雕塑，我被那画面的壮阔惊呆了。还有长城上的队伍，在开阔的高山与峡谷里，蜿蜒出一首首诗。那一刻我想起了边塞曲，远古的精魂纠缠着我们的思绪，你会觉得这些人把民族的苦难踩在了脚下，而新生的曙色恰在其间升腾出来。这是只有史诗气魄的人才能创作出的杰作，联想起冼星海等人的交响曲，气象上真的庶几近之。

毕加索曾创作过《格尔尼卡》，惊异了所有的读者。那是愤怒者大爱的艺术，对战争的理解超出常人是无疑的。蒋兆和的《流民图》也是一个时代的缩影，对战乱的理解亦气透骨髓。沙飞的不同于他们，不是战争的旁观者，而是个直面黑暗者，其心绪与热情有着亮色的因素。他是一个战士，所以镜头绝无无病呻吟的样子，一切都是雄壮与悲慨的，似乎也闪着期盼的光泽。那里有梦，有苦海里挣扎后的神往。战士的作品是热血蒸腾的，你面对它时，不是沉寂的漠然，而是剧烈的心跳。这心跳之后，又是无边的敬意。那些只在象牙塔里呻吟做梦的人，是不配与其对视的。因为这些属于流血者的诗篇。

二战过去许多年，我们的文学似乎还没有在深的层面展示过那段生活。除了孙犁等几个有限的作家外，在战争小说写作方面我们是单一的。而我们的音乐和美术、摄影则留下了诸多可久久打量的作品。沙飞的被发现，是艺术个性与良知的浮出。我在他的遗作里看到了一个逝去的烛光的闪耀。我们不再应有这样的战争，但我们不能不期待沙飞式的艺术。在国难当头的岁月，艺术的选择自然多种多样，可是像他那样使我们久久激动的作品，还是太少了。

2008 年 6 月 20 日于北京

新旧报人

厚古薄今据说和遗民心态有关，细想起来也不是没有道理。比如谈到报刊的历史，自然是批评当下的文字居多，神往民国新闻史的大有人在。现在报纸的变化是娱乐多于思想，旧式有味道的随笔很难在副刊上看到了。这个变化是历史的进化还是退化，早有人说过，真是一笔长长的苦乐账。一代有一代的书写习惯，风气所致，奈读书人何？

于是想起一件往事，我过去工作过的报社一位前辈曾说，现在没有报人，大家都是宣传干部。那原因之一是我们现在没有独特的文风，作品太八股化了。说起报人的文章，我们不能不讲晚清的文人，办报的多少是有学问的人，他们借着传媒表达自己的思想。把书斋里的东西散发在新的传媒里。梁启超不用说了，仅邵飘萍、孙伏园、曹聚仁就给我们留下不少好的作品，学识与现实感都能够看到。过去讲思想家办报，现在说政治家办报，差异也就自然了。

偶读到张友鸾的随笔集《胡子的灾难历程》，看到上面的文字，就想起周作人、俞平伯的旧作，在格局上不同流俗，是不俗的。现在的报人，似乎不太关注类似的著作了。老报人的写作没有什么顾忌，喜欢掌故、学理与时评杂糅，精神呈漫游的状态。几乎都是杂家，琴棋书画多少都来得。在闲情里还有峻急的东西流出。学问可能不专，但点到为止之间，风韵里是智慧与情调的攀缘。

过去的读书人身上有诸多的学究气，但真正的书斋中人也看不上他们，因为浅薄。现在的记者是厌恶书斋里的酸腐气，自然连学问也一起扔出去了。记者和报人对世俗有自己独特的目光，不像学人们那么一根筋。傅斯年当年办《新潮》，胡适搞《现代评论》，就不会弯弯绕，直来直去。但到了孙伏园等人手里，报刊就要讲究一点策略，不然是不能过下日子的。后来唐弢、黄裳多谈风月，原因是压迫太多，就不得不想点奇特的办法，学得有些精明了。

当代的记者有旧风气的有时偶能看见一二。刘绪源、李辉等都有报人的余绪，是学问与现实感的承担者，眼光和旧文人相似。不久前王辉兄寄来新著《我的家园》，一看颇为高兴，是有厚重感的书。作者本来是搞古典文学，现在泡在报社，不能不收敛旧学，开始和现实靠拢。文章随意而动，自然喷吐，举重若轻的笔触是大的欢喜和哀凉。作者敢于直陈时弊，说话间有思维的乐趣。老报人的温和厚重的一面在此呈现着，书卷气和人间气都有，这样的媒体人现在还有多少，不得而知。类似的书却少之又少，也许是时风所致也未可知。

我想，现在学院的文章有时太涩和无趣，要不是那些学院的叛徒走出来写这些小文章，也许我们的园地可读的书就太少了。放下架子的文章，有时是世间最可读的作品。博尔赫斯一生写得大多是可读性的读书笔记，巴别尔也不过是战场上的速写。但都是不朽的著述。天底下无用的文章往往是最好读的，我想陶渊明写《归去来辞》，就未必是雕琢之文，恐怕连流传的意思也没有。就那么轻描淡写，一路下来，如风吹落尘，清爽不已。我想，报人的文章，大概就是清爽的文章。

康德的论文乃巨著，我们无法企及。而培根、巴金的随笔却让我们贴近自己，别人怎么能可比呢？读书人都想深刻诱人，但丰子恺却以清风白水为乐，留下既不深刻也不流俗的精品，我们只能为之叹服。这些大多来自报人，或散淡的作家。闲人闲笔，真的会胜过伟岸状的宏文。我们过去追求宏文的人比闲散的人真的太多了。

报人，是我们这个时代连接天上与地下，古往今来的思想者。可惜现在这个词渐成贬义，人们几乎不去碰它了。在宣传口号四起的时代，我们有时只能闭眼追溯以往，回忆当年的几个作家。把文字玩得让人心动，孩子般地自由行走，谈天下于股掌之中，真是古人所说的郁郁乎文哉。报人文字是精神界的小品，但也不是饭余的谈资。试看陈独秀、汪孟邹当年办《安徽俗话报》的短章，怎能说不是精神的投枪。"五四"新文化运动，就是一批报人和学人联手的产物。现在我们回望这些，似乎年月已经很远很远了。

误　差

前人曾批评过我们的民族，办事马马虎虎，粗枝大叶。这话已没有什么人不承认的。中国人的不注意细节，喜好阔大的话题，这从古书里即可看到。所以我们有时仅仅靠书里的描述来判断历史的场景，大概就会有一点问题。前几日去参加一个会，听到台湾一位学者的报告，那题目是关于明清代北京的空气与环境，颇为新奇。作者先前并未来过北京，文章依据的不过古书的资料。一个外地的人描述北京，倘没有实地的考古溯源，大概会有一点误差。我不是史学研究者，对他的报告不敢置一词。但那一天几位北京的史学家，当场指出了那报告的问题。大致意思是：所用的材料知识关于北京部分场景的记载，并不全面。真的北京有时在文字中是触摸不到的。

这使我也感到尴尬。因为我自己借用古书和现代史料时，写起文章常常理直气壮，好像已摸到了根本。细细想来，是带有想象与猜测成分的。举一个例子，我曾写过绍兴的水乡，那时并未去过那里。因为要做论文，不得不依据前人的文字做参考。可是一登上那片土地，才知道先前的判断，诗的东西太多了，其间的细节，并不知道。描述历史，有时是谨小慎微的。

我过去到一些地方参观博物馆，看对古人的介绍，大多系史实的描述，而衣食住行的陈列，几乎成了空白。古代的士大夫著书立说时，也喜大而无当，道德事功之言滔滔而下，唯日常的东西弃之不顾，不知道是什么原因。有人就曾感叹，汉代的人吃饭时用什么桌椅，碗筷的形状如何，都不清楚。但那个时代的诗文呢，宏大气派，是如日升空的。人们罩在神奇的云雾里，偏偏不去看自己的细处，大约以为是没有意义的吧？其实有时想想，意义往往就在细节和日常性里。日本就是个注重微小事物的国度，纸张、书籍、马路、楼堂，都是微小之处着手。你看一些学者描述中国文学的时候，多么认真细致！我记得读丸尾常喜的那本《人与鬼的纠葛》时，就感叹不已。作者对史料掌握之多，挖掘之深，在中国大陆的学人中几乎是罕见的。过于琐碎，在我们看来是一个缺陷。但琐碎却可以还原历史。我觉得现在是应提倡一点琐碎的。

北京的一些地方，现在已很有些现代化的气韵了。高、大、快已成了这个城市的特点之一。可是我看一些地方，比如建筑吧，外形漂亮得很，远远地望去仿佛优美的图画。但一到近处，便觉得禁不起细细打量。粗糙、简单，暖色的东西少了。我们中国人搞宏大的项目很有本领，但精雕细磨就不那么在行。有些建筑可谓雄伟壮观，气象不凡。可是到里面转转，不如意者多多。防水、墙面都有不少的问题。尤其是一些道路，坑坑洼洼，殊不如意。有人曾讥之为形象工程，那是对的。这类的工程你能数得过来吗？

我们的古人大约早已看到了这一点，也只是有人偶尔叹之，却不能改之。失之毫厘，谬以千里，这样的成语，就是经验的总结吧。可是一代又一代的人，不会鉴之于此，便一代又一代的重复着旧有的生活。一部中国史，可重新打量的，实在很多。可惜资料过少，人间的衣食住行记载得有限，那历史的场景，便成了一个个碎片了。现在唯有在《清明上河图》那样的作品里，才能看到旧式生活的原貌。然而这样的艺术，少之又少，遂成了人间至宝了。还原这样的历史风景，尚需要花费许多的苦力。

我有一个时期买古书，喜欢五十年代版本的，因为经验告诉我，八九十年代后的版本，有许多并不可靠。五十年代，有许多学者点校的书很精致，但经历了"文革"那样的洗劫，学问日衰，大家遂不太做学问了。所以书籍的质量也在下降。现在图书市场活跃，引进了竞争的机制，可许多的问题也渐渐多了。匆忙潦草，不求甚解等等。加之洋八股出现，注释与解析古人时，皮毛之谈增，唯少了求是的意识，是非常零乱的。鲁迅曾叹明人刻古书而古书亡，大概甚于一种历史的教训。据说宋刻本的书就少有这类问题，因为那个时期的学人还未昏到后来的地步。我们由此而上溯历史，检点旧迹，还真的应小心翼翼，以免陷入圈套之中。那已不再是什么误差的事情，而是错误了。

不错，人是总不免要犯一点错误的，但如果永远犯错误，那就要有大的问题。中国的历史是一笔糊涂账，有许多现象至今不太清楚。即以六十年代的生活为例，现在谁认真书写过？年轻的一代不太了解眼前的历史，我们这些世故的中老年，敢说没有责任？误差尚可原谅，而错误，则是一种罪过了。

文人的胡同

　　有一段时间，每天早晨送女儿去上学，回来的时候，舍不得打车，便从皇城根一带穿胡同赶到阜成门的单位去。时候将近一年，我几乎把西四、白塔寺附近的胡同走遍了。因为是清晨，人很少，街道上还散着缕缕炊烟，让人有种思旧的感怀。从四中到阜成门内的大街的四合院都保住了，京城里总算留下了一块旧地。每每从那里走过，就好像回到过去。程砚秋的旧居，鲁迅的宅院，周作人的苦雨斋，都在这个地段上。你若说这是一本大书，当不是夸大之词的。

　　舒乙先生告诉我，他的姥姥家就在宫门口一带，和鲁迅是邻居。宫门口我每天都走过，可谓熟极了，不太规则的街巷，古旧的房屋，都在诉说以往的故事。胡絜青是否写过这里的故事不得而知，但我想当年老舍一定是造访过此地的。当他知道鲁迅也曾生活于此，说不定有自己的感慨。为什么叫宫门口呢，西城区的副区长徐伟告诉我，明代这里是个大的道教宫殿，后来毁于大火，于是败落。到了民国，知识百姓聚集之地，已没有神圣之气了。1924年鲁迅搬到此处，周围都是平民百姓，四合院也简朴得很，绝无贵族气象。西城的胡同在变迁中也在改变自己的身份，或由贵族近平民，或由平民变得华丽，历史就是那样演讲的。

胡同的来源，沿革，学者都已说了不少，专著多多。我感兴趣的倒是庭院的空地，及房前的枣树。夏天于四合院里坐着，有绿荫遮阳，并不感到炎热。我们从胡同走过，也能嗅出树叶的气息，是有人间烟火味道的。数年前我邀张中行先生写文章，谈的是北京的印象。他写了四合院和枣树，给我以深深的印象。晚年他住进了高楼，时常梦到的还是后海边的故居，记得文章的题目是《北京的痴梦》，写到城根下的鸟叫，四合院里的丁香，海棠及枣树。文章很美，读之让人心动。久住京城的人，会有深深的眷恋之情，其中胡同内外的情调，大概是绕不过去的。

我到北京的时候，许多胡同还保留着，依稀看到旧京城的影子。第一次去茅盾故居时，见四合院内外之别，才知道京城人居住之讲究。待到参观梅兰芳的深宅那一刻，不禁愣住，建筑之美是出乎意料的。宋庆龄故居和郭沫若住地都有王府气，一般百姓望而却步。倒是鲁迅的小院显得局促，前后都面积不大，有着黎民朴实的一面。鲁迅在宫门口的房屋是自己设计的。那间老虎尾巴就别出心裁，是创造性的产物。他不太喜欢旧京四合院的古板气，房屋设计竟学来日本的风格，木格子与窗户纸，显得温情脉脉。门前有手植的丁香，房后是几株枣树，既像老北京的风格，又有异域的色调。四合院的风格因人而异的。变与不变中之中，才有真的北京。

试想北京的街道只有帝王气，而无平民气，那该显得多么单调。宫廷里的故事多见不得人，辉煌的建筑下却是猥琐的人生。而胡同里百姓的恩怨却有血有肉，好似能看到生活的真。老舍写旗人的败落，小人物的苦乐，那才有帝京风景中可久久咀嚼的东西。故宫、王府与受苦的百姓无关，倒是胡同里的叫卖声与树下的人语，让人知道什么是人间的风雨。由此我想起了老舍的价值，他的了解北京，要深于学府里的教授。教授们写民俗，有时不免隔岸观火，难说不是皮毛之相。但你读老舍笔下的街市、茶馆、艺人、车夫，是有血的蒸气和骨肉之痛的。在他之后，还没有谁写出了北京的魂。

　　我已在北京混了二十余年，至今不敢说懂了这座古城，偶从旧的胡同穿过，看到古朴的建筑，心里就想，这里掩藏着无穷无极的秘密，可是写出来的却只是那么一点点，许多迷人的往事就那么清冷地逝去了。要感谢曾经出现了老舍，他给世人永久的旧梦，若不是他的文字的存在，也许我们对四合院的想象要贫瘠得很。文人之于城市，其关系重大着呢。

略谈香港

来香港整整一个星期，只是在街里匆匆走了几趟，谈不出什么奇特的感受。有一点在我心头，久久不能忘记，那就是它的街区。这是个较小的地方，寸土寸金之地，高楼比着向上长，把人比得小小的。东京和新加坡的高楼也没有这儿密集，拥挤、喧闹，但又十分现代。在我走过的地方，它的繁华大概是一流的。

我是个不太爱走街串巷的人，至今对这儿的感观依然有些朦胧。四周都是些现代建筑，五十年前的旧迹，都掩到了五光十色的都市板块的下面，几乎不辨详略了。很想去造访几个地方，比如萧红墓地，曹聚仁当年的寓所，茅盾的编辑部。问了几个人，都说不太清楚，年轻的一代，差不多把他们忘记了。这个现象是普遍的，多年前在新加坡采访，就知道郁达夫、胡愈之等人的故居已不复存在，或无人晓得。新的街市突起，欧风美雨，独独把古老的记忆抹去了。新一代人不太喜爱五十年前的人，原因大概是过于陈旧，不东不西，不中不洋的样子。他们的文章有的已读不懂了。所以要不断的新，新新街市，新新学校，新新人类。只有到了现代化很高的地方，才可以感受到这一点的。这样的时候，我便有了落伍的感觉，不知道是为什么。

整天住在大学的校园里，外面的事知之甚少。香港的青年大多不太会讲普通话，那怪怪的腔调，我一点也不懂，像置身于另外一个地方。在墙报上读学生们写的各种传单、海报，文字也怪怪的，洋文和广东话交织，有着奇怪的气息。我想起了女儿喜欢的卡通画，上面也往往印着些异样的词语。据说北京的孩子也是喜欢的。香港的大学生是故意如此呢，还是习俗使然，我不太清楚。不过，对我这样读惯了大陆文本的人而言，有着一种新奇之感。才知道语言也有这样的表达式，它的潜能实在是巨大的。大陆的作家在文体风格上，似乎太单一了。

不过，我并不是说港人的语录是深值仿效的，感慨的不过是汉语的无穷可能。和几个学生交流，才发现他们的中文能力似乎不及英文，母语的力量自然逊于大陆的学生。对比两地的青年，发现各自丢掉了一些什么。一个呆板，失之活泼；一个自然洒脱，却乏后劲。一种社会环境，就有一种社会话码，那是没办法的。只有几个好的作家和思想者超越了环境，创造了别一类的文本。不囿于流行色的人，的确让人慨叹的。

突读到陈映真先生的一篇文章，题为《文学是自由的呼唤》，那是作家新近在马来西亚的吉隆坡获得华文文学大奖的一个发言，有趣的是他谈到了汉语书写的话题，不妨引来：

　　今日世界华文文学，自然没有必要排斥当代西方来的各种思潮，文论和文学作品中比较合理的部分，但也不能没有华人文学世界自我主体性的再生产。以批判的态度吸收，以"拿来主义"为我所用，而不只是跟别人亦步亦趋，鹦鹉学舌。

前几日在浸会大学与陈映真先生有过一次交谈，他其实也强调了此点。我的印象是，他更注重的是华文的主体性，即对汉语功能的开掘。显然，现在的中国人在这一方面做的经常是远远不够的。

繁荣与现代化，与人文的魅力有着复杂的关系。它释放了人的潜能，满足了诸多欲求，另一方面，却又与古老的幽魂疏远，先民留下的精美的存在被淡化了。香港在飞速发展中，好像在迎合了人的欲望的某一面，另一种东西——这东西是什么呢，我也说不清——却被搁置起来。有一些人回到大陆去找，有些人则到台湾去找，希望整合一种新的精神存在。单单这样的勇气，就已很是可嘉了。这里的许多大学，正在四处寻找一流的科学家、文学家，活跃科学与人文空气，试图避免单面人的存在。其举很有眼光。可大陆的高校，还未普遍注意到这一点，不知道是为什么。

想到上述的问题时，不禁浮出北京的影子，香港与北京，真是两个不同的世界。也许港人到京城去，也会发现单一的东西，有种深深的遗憾。一个是殖民地的产物，一个是古老的帝都，仿佛各自在拥有什么的时候，又丧失了什么。今天的世界，有人说变小了，但我则觉得，心理的距离却拉大了。现代化在使我们变得隔膜，不仅与古人如此，与自己的同胞亦如此。写到此，不能不问：沟通的路，在哪里呢？

文学的说教者

在小说里说教，是向被人们厌弃的。中国以往把旧小说叫作闲书，讲的都是故事、旧闻，和经史子集大为不同。百姓的接近于它，恰在于性情。梁启超那代人，要把小说功利化，将其视为政治观点的传声筒，便没人买账了。他写的长篇小说《新中国未来记》，现在的青年人，不会有几个人知道的。这原因就是，新旧道学气与审美精神是一种悖谬，搞不好便情理两伤。

其实作家的写作多少都有点信念支撑，没有追求的小说家，谁曾见过？在小说中说教，也未尝不可，关键在于怎样地说与说什么样的教。法国的作家安德烈·纪德在小说里就隐含着说教气。《乌连之旅》《大地食粮》《背德者》等，都是激情四溢的作品。若讲作家的布道精神，他便算是一个吧。我读纪德的小说，常常有一种感动。他在诗意的燃烧里，常常告诉我们人间学理的东西。但你并不感觉他在注释着什么，先验着什么，而所遇、所感都那么实实在在。于是你不得不聆听他的苦诉。那些关于神学，关于自然、关于历史的自白，就那么动情地倾泻着。纪德的说教非权力者的说教，像《大地食粮》简直是新道德的宣言，它颠覆的，恰恰是流行的思想。这一本精彩的著作问世十年间，仅卖了五百本，没有哪一位批评家提到过它。但是许多年后，重读这一本小说，人们猛然发现，那里有着如此丰厚的思想。当一个人因求索自由而背叛世俗社会的时候，周围的人与他是陌生的。

纪德的思想谈不上怎样伟大。和法国的一些哲学家比，他甚至有些寒酸。但他的精神状态是迷人的。作者是一个在寂寞中沉浸于哲思的人，他经由一个个故事，感触到生活的本然，而且常常以受挫的心态，诘问着被人们千百次重复的生活；并且预言：熟悉的，并不是被理解的。在司空见惯的事物里，隐含的恰是一种非人性的东西。纪德要做的，就是对这一生活的颠覆。他的诚恳的，几近迷狂的语态，给予读者的，正是震人心魄的说教。《大地食粮》里有一段话，十分有趣：

> 朋友，你什么也别相信，没有得到证实，你什么也别接受。殉道者的血从来就没证明过什么。没有一种宗教荒唐到没有自己的殉道者和不曾激起过人们的信仰的热情。求知欲产生于怀疑。你别再盲从了，用知识去充实自己吧。别轻信他人，别让他人强加于你。

在纪德的小说里，常常读到类似的独白。它裹着激情。连带着迷人的画面，向你走来，你感受不到作者在说教，但他确实在那里宣泄自己的思想。这让我想起了尼采，想起了叔本华，思想者与小说家，有时是没有界限的。超拔与流俗的作家，在本质上是一种信念的传播者。托尔斯泰这样，鲁迅也是这样。悲天悯人者，做的就是布道的工作。

但中国的小说家，有许多在此是交了白卷了。记得二十年代末，蒋光慈，胡也频等，也借着小说布道，却大多流于皮毛。到了五十年代。一些小说也仅仅是政策的解释者，活的人间精神的深邃感，反而没多少了。七十年代末，人们厌弃了模式化的小说，于是泛情感化。到了今天，据说可以用肉身写作，与理性殊远了。其实细细说来，小说不是不可以说教，而是如何说教。倘若像纪德那样真诚、托尔斯泰那样悲悯，也可以写出佳作的。关键在于，作家是一种什么样的人生态度。此种看法是谁都承认的。

这是有趣的现象，以文为生的，一涉足学理，易成伪道学的家族；而疏于道学的，又滥情于世乃至动物化。宋明的理学何其庄严，但到了《金瓶梅》那里，则一片肉海了。孔子云："中庸之为德也，其至矣乎！"但我疑心，中国的文人，很少做到了此点。上下五千年，得此道者，确是稀少的。难怪孔子也说："民鲜久矣。"

我在近些年，一直期待着读到一本让人过瘾的真小说，哪怕像纪德那样的说教篇。但得到的，大多是一种失望。在中国，作家一谈道理则流于解释，而心灵原创的却那么稀少。"说教"，在今天已快变成了贬词，认真想来，确是我们文化的悲剧。

圈套种种

汕头毕竟是南国的宝地。据说古时是流放犯人的蛮夷之所，来此分明就有一点兴奋。前几日去了一趟杭州西湖，印象是软绵绵的，吹来的风都有点淫荡气。汕头不是这样。这里的江与海，山与湖，有那么一点野气，不像西湖那样让人沉到什么地方去。整日待在汕头大学校园里，听友人们讨论与争辩，有着不小的刺激。人员较杂，声音是乱的。它们也诱惑着我不敢耽于山水之色，急于要想一点什么。虽然一时还理不出什么头绪来。

白天开会的题目是"全球化语境下的中国现代当代文学"。这题目很大，足以吓倒我这样的读书人。不过会议很有质量，时见争论，是近年很少参加的有趣的会。翻看与会人员的论文，风格各异，语态纷纷。用力气的，随意点染的，出语惊人的，都有不少。想起王富仁兄平时闲闲悠悠，衣帽不整的样子，竟招来一大批人于此认真对谈交手，忧国忧民，不禁对汕头这个地方有了好感。在思想遭到不断消解的时代，一群人还在此大谈思想，好似有一点奢侈了。

做学问的人要讲一点功夫，言之有物，不说没有根据的话。胡适当年就这样劝过人们。后来的社会渐渐变化，思想也日日见升，学问也在不断演进。十年前人们在讨论消费艺术是否可能，可现在却变成"全球化语境"问题了。"后现代"热闹了一时后，又有了"东方主义"。想一想"五四"后"马克思主义""列宁主义""托洛茨基主义""社会主义的现实主义"等概念，都是外来的。我们自己的问题呢，却悬搁了起来。外来的是刺激力，让我们这些庸人从僵硬的睡眠里蠕活起来，不能说没有意义。但当我们只能靠输血，不会造血的时候，问题就来了。比如，我们是说自己的话自己的问题呢，还是域外的洋话和洋人的热点？前些年看文人间争吵，甲说社会已进入了后现代，乙说还在老路上。甲大谈知识考古学，乙却深议野史价值。总之，仿佛是在交锋，实际却是自说自话，毫不相干。伪问题乎？真难点乎？真是不得而知。

但争吵之余，看各自的文章，却又茫然起来。与我们百姓的生活似乎没什么关系。中国人是喜欢概念游戏的，对那概念的成立与否，并不诘问。王富仁有一次与我谈天，言及了此点。他在什么文章中还提及了这类问题。我于是暗笑这位老兄，好似设了一个圈套，让我们钻了进去，各自夸夸其谈。但他却并不言声，躲在了一边搞会务。学术也是有啖饭之道。大家集聚于此，争辩之余若还知是啖饭的一种方式，争辩也许就减弱了一些吧？

忽听到刘纳的发言，一时被击中了要害，众人竟笑了起来。刘纳说，现在大家一不小心，就会进入一种圈套。你认真讲演，别人会说是作秀；你写一本什么什么书，就会被揭示出什么什么动机来。总之，人是被设计出来的，被套在什么什么中的。刘纳结尾时说，别人怎么样且不理会，还是自己做自己的事情，不必追着形势，管它圈套不圈套。

至此，我们的会像是挨了炮弹，被一下肢解掉了。当人对自己的选择也发生了疑问，又勇于承担的时候，也许内心与上帝是最近的。执迷于什么，狂热于其间的时候，也许问题就出现了。"文革"初期，许多人卷入了狂欢之中，后来才发现，大家陷入了绝境里。市场刚开放的时候，不是有许多人在为之激动么？可是不久就感到，大家重新成了奴隶，在金钱面前倒下了。人不是在这个圈套里，便是在另一个圈套里。萧军当年高喊光明到了，他未料到期等待自己的却是批判。最有意思的大概是胡风，他说"时间开始了"的时候，绝不会占卜到未来的指向竟是监禁。这正应验了鲁迅当年的结论。意思是，你能以什么根据来证明未来的黄金世界没有黑暗呢？

　　可怕的不是知道苦难的出现，恰恰是面对它时还自以为美。我去西湖时，看湖光山色，确赞叹不已。但想了想，那不过是人为的幻象，大概会诱骗青年的。世间有几个西湖？苍山野岭，乱市陋巷，倒显得几分真。但文人偏偏去唱西湖的赞歌，唯独少写寒村贫民。因为后者不美，只有楼台清水会唤起人们的遐想。鲜花美酒，香草佳丽，总比陋室野人要有诱力的。不过这诱力之中，就隐含着刘纳所云的圈套。说不定让人陷入新的绝路也未可知。我由此联想起鲁迅阻郁达夫移家杭州的那首诗。先生不希望自己的友人被幻象所围，倒显示出洞悉之力。人若不警惕新的奴役之网，大概总要落得吃亏的结局。

　　跟着别人跑，自以为希望在他人之手，实在是不可靠的选择。近读陈独秀史料，见其晚年凄凉之景，不禁有些感伤。但先生也因此而站立了起来，获得了人的价值。当人们一味地跟着第三国际跑的时候，陈氏却发出了疑问，看出了王明的问题。怎么办呢？只有拒绝。因此也免入其套，有了自我的尊严。在我们这个国度，获得独立的价格，要做一世的牺牲。物质的与心理的，都蒙损失。肩负苦难是大不幸的事情，可精神之光往往就诞生于此。孟子所云的劳其筋骨，苦其心志之话，分明也有这样的意思。做这类的牺牲，是人不易的。华人的历史太久远，可大家不怎么注意远逝的时代。曾有的种种苦难，在雅士们的笔下一个个被抹杀掉了。于是便一次次进入前人进入过的圈套，被异己的力量所牵动，缺少的正是己身的东西。对待它的办法，大概唯有时时警醒，时时自省，如此而已。真实地活着，就不能没有一点血气。我环顾四周，有此风采者，却寥寥无几的。

茅盾文学奖

茅盾文学奖受到不同程度的批评，已不止一届了。普遍的不满与斥责里，其实隐藏着当下文学评判的差异。几乎没有多少年轻人对今年评选结果表示满意。这里呈现了以下几个问题：其一是茅盾文学奖的艺术评价体系，一直远离审美的纯粹性，更深地纠缠着社会学与国家意识形态。其二入选的作品缺少创新性与高智性。整个评奖是一个妥协的过程，具有新风格和争议性的《檀香刑》的落选似乎证明了这两点。

在最初的入围名单里，有几部"遗珠"的作品是很有分量的。如《日光流年》，给人带来不少的兴奋。我以为如果有这样的长篇获奖，会证明当下作家的想象力和现实情怀还有着闪光之点。我们的阅读经验因了这样的一种存在而获得了快感。《日光流年》是迄今为止我读到的最具有精神维度的佳作。除了像《尘埃落定》这样的作品外，能与之比美的并不多见。然而这样的作品因年度上的问题遭到淘汰。"遗珠"系列的几部作品都遇到了同样的命运，这也可以说是在寻求公平机制的同时，由于特殊原因而出现的不公平的结果。

《檀香刑》的落选是评委意识的差异使然。终评委有多数人对其持一种保留的态度。一个普遍的看法是，茅盾文学传统是反映当下生活、具有史诗意味的宏大叙事，现实主义才是主调。而《檀香刑》一路狂欢的叙述语态，以及通篇的惨烈之气，和茅盾的审美意识相距甚远。在入围的二十几部作品里，莫言的小说是最具有阅读的挑战性的。他的故事呈现方式与语言色彩，都是对旧有长篇模式的一次冲击。莫言已渐渐摆脱欧化叙述的模式，中土文明的灰暗感被涂抹得淋漓尽致。这样的尝试是一种精神上的历险，它刺痛了记忆之门，释放出历史的鬼气。我由此而想起鲁迅对记忆的拷问，那是对"瞒与骗"文化意识的颠覆。茅盾文学奖一直与莫言、余华、格非这一类作家无缘，深思起来是存在着相悖的思维习惯。在历届评选中，都有不错的作品落选，比如《古船》《活动变人形》等等。而一些曾获过奖的作品如《骚动之秋》《抉择》等等，现在几乎没人再喜欢阅读了。茅盾文学奖从开始就是这样：心灵化书写为现实理性让步。先锋派因非和谐之音，被流行的旋律淹没了。

其实在我的理解里，茅盾先生创建长篇小说奖，乃是为了繁荣这一文学样式。他最年轻时的写作，就具有一种向旧的叙述习惯挑战的实验性。《蚀》三部曲和《子夜》的写法，都为一些卫道者不容，长篇小说的创作空间在他那里被打开了。但是不知为什么，后人对茅盾的理解，以及对这一奖项的定位，却凝固在一种写实主义的框架中，忽略了茅盾文学创作传统的前卫性。将茅盾艺术变成凝固的模式是一种曲解。茅盾文学奖在青年作家中的威信渐渐失去，或许从此可以找到一种注解？

近三十部入围作品，经得起反复阅读的十分稀少。即便获奖的那几部，读完后大多难以再去翻阅。《张居正》是争议最小的一部，它的宏阔空间与非意识形态特征，显示了历史美学的另一种可能性。只是历史观受到了儒家的影响，难以具有尤瑟纳尔和卡尔维诺式的浑厚和想象。《无字》是悲怆的咏叹，写女性的荣辱颇具匠心，然而冗长与繁复破坏了和谐。宗璞的《东藏记》是极为特殊的文本，学识寓于故事情境之中，可谓温润清彻，独步文坛。唯灵动不够，被一些批评家所讥。在入围的作品中，有诸多可圈可点者，《花腔》的叙述结构，点染出历史记忆的多重性与荒诞性，不足的是，雕饰痕迹过重，未有出神入化之态。贾平凹的《怀念狼》很有寓意，平淡语言的背后，乃大的悲欣。小说的气象被什么压抑了，不及他的《废都》一唱三叹。《白银谷》是引人入胜之书，开篇的不凡之笔，现出史家的胸襟，全书神奇诡秘，乃老中国儿女的心史。遗憾的是结局落入俗套，未能超越旧我。《音乐会》的故事惊心动魄，为战争题材中的罕见之作。作者用力过猛，张弛失度，使一部本应深切的作品从高台上滑落下来。几部反映当下改革的作品，都有生活原型，或特别的想象力。思想大于艺术，先验性的东西挤压了艺术的独立性，在修养上不及《张居正》《东藏记》。殊为可叹。这是入围之作中最弱的群落。

我觉得当代的长篇小说，其成绩还远不及中短篇作品具有力度。阅读这些作品，每每生出遗憾的感觉。语言普遍的粗糙，智性停留在先验的天地里。这里没有王小波式的幽默和有趣，亦无余华、格非式的机智。当选的与未当选的入围作品，都无太多夸耀的资本。检验文学的是读者与时间，评奖对写作并无关系。汉语言的书写遭到了历史惰性的嵌制，和欧美与日本的长篇创作比，我们应当感到惭愧。

兼听则明

　　自从海外汉学传到中国，士大夫们对此反应不一。"五四"后，好的汉学著作被一些人所吸收，逐渐融合到我们的精神生活里了。不过并非所有的人都能理解其中之意，分歧也是不免的。中国的读书人都很敏感，对汉学中批评的词语多难接受。比如说 1927 年 8 月，周作人发表了《"支那通"之不通》批评日本自称为懂得中国文化的人对中国描述的常识性的错误。1928 年安冈秀夫《从小说上看出的支那民族性》出版，周作人对其著作流露出的中国人的贪婪、堕落、世俗、功利主义的挖苦很不舒服。他觉得此书说得并非没有道理，但他认为"中国堕落如此，日本看了应当伤心，未必是快意和好玩的事。我们不要日本来赞美或为中国辩解，我们只希望她诚实地严正地劝告以至责难，但支那通的那种轻薄卑劣的态度能免去总以免去为宜。我为爱日本文化故，不愿这个轻薄成为日本民族性之一"。当时鲁迅却是另一种心态，他后来谈到了安冈秀夫的这本书，在一些细节上不太同意日本汉学家的看法，但他面对批评是能够接受的。在他看来，他者的目光或许有所误读，而其间的令人警觉的文字也是要留意的吧。

这里就出现了一个有趣的现象，当时中国的知识分子更喜欢看的是外国人对外国人自己审视的文章，不愿意看外国人研究中国的文章。他们更愿意从洋人对自己的自我认识的审判中来发现主体的东西。所以，这样的一种状态一直持续了很长的一段时间。后来内山完造写的《活中国的姿态》对中国是赞美的，鲁迅却对此书却有保留意见，认为他没有直面中国社会的一些问题。他对这种表扬中国文化的研究是持谨慎的态度的。而鲁迅在去世之前几天写文章的时候还希望有人翻译《中国人的气质》，希望有批评中国人的声音存在。

史密斯的《中国人的气质》问世一百多年了。我们九十年代才有了这个译本。对于此书，国内一直看法不一，至今还有攻击它的。但我看这样的书，觉得是传教士的精神折射，未必都是恶意的东西。其间也有暖意的存在。文化研究与文学研究有时不得不借助他者的目光。我国的"五四"新文化运动，就是借助了这样的目光，使我们的文化有了一种新生的动力。

一直到今天，我觉得在中国的作家里也有这样的两种心态，一个是并没有受到汉学家的影响，他们很接受西方人自我批评的精神，比如说当代的作家王小波，我觉得他对罗素哲学观点有吸收，对尤瑟纳尔、卡尔维诺也颇喜欢。我发现西方汉学家对中国文学的批评几乎没有影响到他。另一方面，我们有一些作家是受到了汉学家的影响的，他们有的一开始在很中国化的语境下来写作。但因为后来与汉学家的交流增多，很多的时候思路发生了变化，是受到了西方汉学家的暗示的。我在北岛、李锐近些年的文字里，好似感到一些海外汉学家的因子。虽然他们未必是自觉的。

80 年代的时候，许多中国作家到了美国爱荷华国际写作中心，有的人从那以后就发生了变化。海外的汉学研究对 20 世纪以来中国读书人的影响逐渐增大，形成了不同的态势很正常。比如英国学者对钱锺书的研究，美国学者对汪曾祺的评论，都使钱氏和汪氏感到意外，他们自己没有意识到的东西，被洋人发现了。自然，这都是好的善意的研究，我们且不提它。另一方面，在汉学家的文字里，常常能读出对中国文学批评的观点，无论是文学史还是当代批评文章，这样的观点是屡见不鲜的。我个人更愿意看汉学家们批评性著作。想知道他们眼里我们的问题究竟在哪里？对我们文明中负面的东西进行审视是必要的，我们有时候的盲点，自己并不了解。交流的结果常常是可以刺激我们麻木的神经。现在批评的声音太少了，有的时候我们有一种"大国梦"、有一种"大中华主义"的情绪，这是很可怕的东西。所以我觉得，近百年来的知识分子中，鲁迅的态度还是可取的，今天我们缺少的是这样的一种忍痛接受别人批评的度量，在交锋中也许会有疼痛，但它会使我们自强起来，通过痛苦的自省与自塑，我们可以克服精神上的痼疾，建立起自己健康的心态和精神世界。一个朗然大度的民族，是在批评和多种参照下自立起来的。我们需要这样的朗然与大度。

关于博物馆

中国有自己的博物馆才只有百年的历史，在文物保护上的技术，还刚刚起步。近年各地掀起兴建博物馆的热潮，人们渐渐看重这一事业了。但到各地看看，博物馆的理念大致相近，个性化的不多。像上海博物馆那样有气魄的，还是凤毛麟角。我们对旧有的历史，有时看得不重，许多文物被流失和破坏掉了。现在一些地方建立博物馆和修建古建筑，好像并不是为了研究和保护，意识深处大概缘于经济利益，似乎与旅游有关。保护与利用的矛盾，文化情怀与功利主义的矛盾，在今天是越演越烈了。

过去博物馆的萧条，人们还记忆犹新。有时从一些高高的大门旁走过，见其威严的样子，觉得仿佛一道高墙，把人们隔绝起来了。年初到杭州去，见各大博物馆免费对外开放，高兴了半天，一些平时鲜见的文物都看到了。近来北京的许多博物馆也相继向未成年人敞开大门，亦为快事。人们的生活一旦和博物馆常常连在一起，那社会的变化是可喜的吧。

传统的博物馆管理理念是管好文物，使之不受损坏，附带为学术研究做好服务工作。国门大开之后，文化交往日多，人性化的理念渐被接受，博物馆的面目也开始发生变化。除了展览之外，讲座、研讨、文化工作室纷纷出现，它的功能开始变大了。

　　但目前博物馆面临的困难很多，文物的征集遇到资金的限制。事业经费主要靠国家拨款，社会捐赠很少。像美国的大都会博物馆，主要靠社会的捐助，国家有相应的政策——比如减免捐助者的税收等，使得许多人愿意把文物和资金捐献出来。国外许多文物单位有会员制，这使他们的业务具有相当大的空间，展览与文化活动十分活跃，有一种自下而上的热情。中国的博物馆太依赖于政府，行政的色彩过多，政府的负担相应也加大，在某种意义上说是影响文化的发展的。所以现在的问题是，如何创造条件，最大可能地调动社会的力量，丰富文物的事业。让博物馆在人们的视野里不断动起来，融入日常的生活中，且不断开启青年的智慧，那是颇有意义的。

　　笔者不久前去了法国，看了几十个博物馆，感慨很多。这个国家博物馆林立，文物保护之好，是世人公认的。较之于中国，法国人似乎格外注意文化街区的保护，一些博物馆并不是孤立于市区，而是和周围的环境和谐地融为一体的。像阿维农教皇城，四周基本保持着古代的风貌，街市与店铺并未被现代生活方式所取代。周围的环境仿佛是古老的遗存，让参观者大发思古之幽情。卢瓦河地区的城堡保护也十分出色，达·芬奇当年设计的建筑完好无缺，榭农苏堡的古风习习，旧时代的韵致满蕴其间。法国人很会保护和利用这些古老的遗存，他们并非将其仅仅当成参观的古董，许多地方仍被人们所使用。比如圣米歇尔山修道院，规模庞大，气象迭出，系世界八大景观之一。每日参观人数颇多，但那里照样举办各种宗教活动。奥朗日的罗马剧场已有两千年的历史，现在还在这里举行演唱会。我以为法国人的特点是，将历史与当下的日常生活连在一起。他们不把那些古老的存在看成包袱，而是值得骄傲的遗产。人们很会利用旧物，在巴黎，赫赫有名的奥塞博物馆陈列了稀世的艺术珍品，但这个博物馆的建筑是个老车站。车站本身就有文物价值，未被拆毁。并未因为一个博物馆而寻找新址，是个两全其美的选择。博物馆应建在哪里，什么风格，这里可看出人们的理念。法国人的这一思路，是值得深思的。

另一个值得注意的现象是，这个国家的许多城市的博物馆，陈列着世界各地的文物。巴黎有个吉美博物馆，专收亚洲的文物。那里不仅藏有中国的器物，敦煌的壁画，连一些小国新的考古发现，也在该馆有所展示。在里昂美术馆，也能见到世界各地的艺术品。中国没有一个博物馆是专门陈列域外文物的，我们的视野还不够开阔。随着国力的增强，也许人们在自己的国土上就可长期看到世界各地的文物了。

中国是个文物大国，其灿烂的文化世人公认。假如能很好地整合资源，全民熟知文物法规，我们的博物馆事业也许会上一个台阶。中国人在国际舞台上不善于宣传自己，许多收藏中国文物的外国博物馆并不了解这些文物。在里昂美术馆，只有三件中国美术作品，竟被法国人搞错了，以为是韩国和日本的。在巴黎的卢浮宫，讲解牌只有英法俄日等语种，没有中文。即使在国内，许多博物馆在守着家业，和周围的世界似乎不发生关系。有一次去一个名人故居，走到其附近时，许多人不知道它的存在。博物馆一旦与周围的一切隔绝起来，它的命运就可想而知了。所以文物与街区与环境，是一个统一体。目前一个残酷的现实是，对文化遗产的关注，只集中在少数专业人士那里，民众与许多官员，还是个盲区。

对中国人来说，法国的博物馆事业是个参照。巴黎的各大博物馆，像一个聚光镜，将许多国家的艺术品折射其间，并无狭隘的民族主义。现在各国的艺术家，有许多喜欢侨居于此，文学、美术、音乐、考古等优秀人才，使这个国度充满了迷人的气息。巴黎人民的每一天，几乎都与古老的文明对话。他们生活在一种历史的记忆里。因为有了各种各样的记忆，就避免了一系列不必要的错误。博物馆的力量，实在是不可小瞧的。

中国近20年来，文物事业有了快速的发展。每年对外交流活跃，国外的一些展品也频繁来华。中国的国宝展曾经轰动世界，像孔子展、兵马俑展、三星堆展在国外都有深远的影响。美国、日本、法国、埃及等国的艺术品与文物展也频繁来华。这些交流，对中国文物和博物馆的走向都有潜移默化的影响。

现在世界各地的博物馆建设的最大变化是，强调了为社会服务的功能，在哥本哈根召开的国际博协第十届代表大会上，曾通过一个章程，上面写道："博物馆是一个不追求营利，为社会和社会发展服务的公开的永久性机构。"博物馆学专家苏东海先生在《当代博物馆发展中的几个问题》一文中指出：

> 博物馆比过去更多地关注了观众的参观需要和参观质量。有人说，博物馆正在从对物的关注转到对人的关注。这种提法容易误导，因为对人的关注并不是取代对物的关注，博物馆不关注物还叫博物馆吗？博物馆强化对人的关注是博物馆服务社会的题中之意，这些年博物馆对观众的服务，从观念上到实际上有了很大的进展，在研究观众需要，服务观众需要上，下了很大力气，在竞争中有的甚至无微不至……

实际上，中国博物馆近几年，正在朝着这个方向努力着。上海博物馆的贴近观众的各种展览，故宫博物院数字化博物馆的建立，现代文学馆的各种讲演会、报告会，鲁迅博物馆的学者沙龙，都为一定的社会群体提供了园地。不过各地博物馆在注重为社会服务的过程中，也呈现了另一种倾向：展馆越建越豪华，技术手段也相应提高，可是软件建设却不尽如意。在与观众贴近的问题上，方法简单，流于说教气。博物馆的现代化手段的增加是件容易的事，但如何以人为本，和观众平等地交流而不是神圣不可亲近，这是一个重要课题。这与社会的整个文化理念有关，看来要振兴中国的文博事业，仅仅靠专业人员的努力，是远远不够的。

"疑"的力量

记不得是什么时候，曾读到一位友人谈及海德格尔与鲁迅的文章，惊喜了多日。后来一位卡夫卡研究者也论及了鲁迅与这位天才作家的相似性，精神为之一振。浏览这类文章，我曾感到一种刺激，那原因是我们从旧的中国作家那里的确难以找到鲁迅的对应者。鲁迅是个异类，昨天是，现在是，明天大概也是。这异不仅在于其目光剥脱了对象世界，重要的是也剥脱了他自己。我们从传统中国文化的因子里不易看清他，他具有的现代意味与反现代意味，使我们的研究者面临的是思维方式的挑战。

大凡从颠覆世俗思维开始的研究，和鲁迅都有种亲密的感觉。刘春勇正是在这样一视角下，进入了鲁迅世界。

每一个进入鲁迅思想的人，对其看法总有些差异，即便是看法一致者，体验也多少有别的。刘春勇博士论文写的是鲁迅的"多疑"问题，几年前，我参加了他的论文答辩会，印象很深。他看到了鲁迅思想的一个深切的难题，并且在此深挖下去，玄学的与迷离的精神之光一直在闪烁着。

怀疑主义者很少怀疑自己，除了那些有现代感的思想者之外。我们的文明出现问题的时候，往往是一切概念出现了问题，表象已不再体现本真，而本真又非存活于词语里。多疑者鲁迅，挣脱了一切外在的语言之网，从多维的视角进入对世界的认识。

刘春勇意识到了问题的复杂性，他十分敏感地捕捉到了鲁迅的荒原体验与回旋的内心之苦，"多疑与主体生成关系"涉及许多难点，鲁迅在自我的挣扎里，呈现出现代哲学才碰到的话题。不仅颠覆了世界，而且也颠覆了自己，原来自己也是一个有着罪愆的人。有了此种心意的鲁迅，其实就和古中国人拉开了距离，也与同代人拉开了距离，解释鲁迅，以往的理论模式几乎都不适用于他。

从来如此便对么？鲁迅经常发出类似的感叹，他对历史，对文化，对熟悉与不熟悉的文人，都不愿用一种伦理的尺度量之，因为伦理化的目光，有时是远离本原的，与真的生命体验殊远。刘春勇发现，鲁迅的多疑相当于竹内好所说的象征鲁迅"回心"的那种东西，这是含混与超出常理的。研究鲁迅，不能不注意到此中玄机。

这一本书是对作者的一种智力检验，我们在此也见识了作者的心灵冒险。鲁迅的丰富性与复杂性给他带来的是一种哲学的惊喜。在与海德格尔、竹内好的交织里，在与黑格尔、笛卡尔的对应中，鲁迅的哲学似乎一点不显得生硬，反而有着更为迷离不清而又深远的价值。在现代文化演进过程里，诸多中国文人的世界是被单一性纠缠的，他们相信世界的唯一性原理，比如进化论，比如安那其主义。较之这些单色调的文本，鲁迅却是介于明暗之间的忽隐忽现的存在，他的文字是生命内在的真的流动，那种具有体温感的篇什，把理性图像撕碎了。鲁迅在不确切性里把握着确切性，相反，也在明晰中对应着神秘的混沌。刘春勇从鲁迅的精神背景，内心生活，家庭环境，人文网络几个方面回溯鲁迅的精神结构，应当说选择了"多疑"，就选择了困惑，对一种非逻辑的理解结构进行打量，以往的逻辑语言是有问题的。作者一直注意对近代哲学资源的借用，警惕进入僵硬的语言秩序。他的兴趣广泛，许多视角纠缠着尼采、海德格尔式的寓言。这样的拷问有精神的力度，和那些平庸的、八股式的著作比，刘春勇有着属于自己温度的东西，我在阅读此书时，感到了他的紧张背后的快慰。

在鲁迅的时代，"信"与"疑"一直纠葛着知识界，鲁迅是从旧营垒过来的人，内心一直缠绕着虚无之气，也就是他所说的鬼气。鬼气的产生乃历史的原因，在对旧文明的阅读中，给他光明的因子真的不多，而他又希望摆脱这些。问题在于，他的时代能体现的光明殊少，许多学者的伪态，在他看来只能使人陷入更大的灰暗里。所以先生看重的倒是"中间物"式的价值，看重的是执拗于"现在"的"韧"的精神，更看重的是抵抗里黑暗时的自我消失，这个消失是承担后的消失，是"多疑"背后的确切性的进化。"疑"之后乃大洒脱，将人间苦涩集于一身，将恶名集于一身，将"疑"的晦气集于一身，最后剩下来的却是清洁的精神，他的无伪之朗照，精神之明澈，世上何人及之？鲁迅的"疑"其实一直逼近人的一种"致人性于全"的渴望，他没有得到这些，但却呈现了这些。

看我们的历史，有怀疑精神的人很多。王充《论衡》里的诘问之语，与尼采比毫不逊色。李贽对孔夫子的反问，也颇有骨气的。其实明清以来，狂狷之士多有"疑神疑鬼"之态，徐渭的诗与画好，大抵和非循规蹈矩有关。鲁迅意识里自然有这些鬼气，可是他背后的现代主义式的荒谬，无常，绝望，将精神由士大夫的豪放引向了形而上之域。那是只有神学家与形而上学论者才关注的内容。但这一切在他那里又非玄而又玄、虚无缥缈之所。鲁迅的特点是一直站立在人间，与活的人生在一起。人们曾称为现实主义，那也没错。可是这现实主义是黑暗里觅路的现实。他的一切回旋精妙之思，隐曲迷茫之语，都来自民间之内，而非庙堂书斋。于是近神学而非神学，似玄语而实人语，在人性与神性之间，鲁迅属于前者。

理解这样的存在我们要耗费心血。刘春勇把自己青春的大多时光献给了鲁迅。我知道这是唯有经历过困境的人才有的情思。他随着鲁迅一同远走，一路瞭望到无数迷人之景，且一一记录下来。不仅在挑战别人，更主要是在挑战自己。这样的书我写不出来，看着更年轻的友人跋涉在这条路上，除了高兴，还有祝福。于是想起这样的结论：随鲁迅一同"疑"世者，苦自然有，在思想之路上确是有福的。

2009 年 7 月 7 日于北戴河

驳杂之文

孙犁生前喜欢谈史，有许多妙文。他是纯情的人，不喜欢杂色。文章也如清泉流淌，沁人内心。可是历史上纯粹的人很少，谈史的时候也不免气闷。那是没办法的。

在我的印象里，读勇者的文字固然快慰，但那些杂色的人的文本也多有镜鉴的意味。许多文化难题是存在于后者的文本里的。比如钱谦益吧，他的声名不太好，可后世文人讲到明代文人时，都不能不深谈于他。文人这个群落，其实也有点像名利场。倒是那些有驳杂之色的人，往往给我们内省的感受，使我们这些后人知道，历史的演进过程，从来都神思与魔影相伴的。

日前我到怀柔乡下住了几天，没有事情，身上带着《牧斋杂著》，恰巧住处的图书室遇到一册《钱谦益诗选》，也一并读了。心理有点感受，好像刺痛了自己的心。难说喜欢他的书，但其心绪和读书之法，在历代文人那里都有一点，只是他略显复杂而已。

现代文人讲到钱氏，看法不一。陈寅恪、张中行、黄裳都在他的遗墨前驻足过。批评的和同情的话都说过。我对钱氏的学问不敢妄评，看过他的诗和小品、尺牍，印象深的是尺牍，其次是诗。他写给友人的信，尤其是晚年的，寂寞而情真，不像其他文字那么做作。对世道和学问，有不少灼见。知堂的小品文，在什么地方有点像他，慢条斯理，从容老到，一看就是久在书中浸泡过的，谈吐有浑厚的诗文基础。奇怪的是知堂不怎么愿深讲他，是漠视呢，还是别的原因，就不知道了。

钱谦益早年有世功心，后来却屡屡受挫。晚年入狱，受到党人的排挤。儒道的东西熟极了，后来醉心于佛学典籍。世俗的懂得，遁世之心也浓厚，对人间冷暖是敏感的。他的小品文把学问和自己的感受是化在一起的，读了不像一般文人那么酸腐，而是有悟道的玄机。无论是诗还是文，他给人的感受是丰富，国难、家怨、己苦，都闪烁其间。有历史的厚重在。和顾炎武、傅山这样的人比，他没有奇气，却存在着儒雅哀婉之调，像荒芜楼台的残树碎草，半是衰微，半是鲜活之态，文字里留着士大夫远逝的梦。

他的文字常出现"丧乱"字样，对自己的无奈感和耻辱感是不满的。人们说他的诗有杜甫的痕迹和李商隐的影子，也许是对的。寂寞的时候留下的诗文，都不矫情，自然喷出，的确像杜诗的自然苍冷。比如《燕子矶舟中作》：

> 轻寒小病一孤舟，送客江干问昔游。
> 老有心情依佛火，穷无涕泪洒神州。
> 舞风矶燕如赪尾，吹浪江豚也白头。
> 水阔天高愁骋望，寻思但是莫登楼。

全诗肃杀，悲凉之气四起，有落魄江湖之叹。韵味上虽逊于杜甫，而情感则不差古人矣。如不是有大的磨难感，以及人生起落之痛，是装不出这种状态的。

看他的诗，有时觉得厚实自然，文气很顺。学识藏在背后，又不炫耀，如山泉泻地，轰然而下。《辛卯春尽歌者王郎北游告别，戏题十四绝句，以当折柳赠别，之外杂有寄托，诙谐无端，谶谜间出，览者可以一笑》其八云：

> 可是湖湘流落客，一声红豆也沾巾。
>
> 休将天宝凄凉曲，唱与长安筵上人。

我觉得他的文字修养在那时是一流的，境界不敢说高，但比庸常的文人要好得多。文人的命运多厄，文章可能就好，至少有诸多的体验在，是有起伏感和悲凉气的。但他太像学者，似乎被沉重的书压着，就没有杜甫、傅山的清俊和奇拔了。

从钱氏的文章里我们能够知道他的矛盾内心，家国之忧都是典型的士大夫式的。精神盘绕在"被用"与"弃用"之间。这一点和杜甫有点相似。但又没有杜诗的翻转摇曳。也许是学者的光环太浓的缘故吧。他的诗所以在气象上比一般人阔大，主要是背后有那个时代的烟云，其内心的痛感与社会的神经是连带的。比如《岁暮杂怀八首》其一云：

> 十亩之间一老民，衰迟自分百年身。
> 未舒岸柳应愁我，欲放江梅又笑人。
> 故纸丹铅雠腐骨，虚窗灯火勘穷尘。
> 空山一笑无人会，落木萧萧下水滨。

一看就能被浓浓的寂寞感所包围。是欲入世被用而不得的苦楚。现代诗人不是这样，其寂寞乃可进入哲学的层面冷思。明清文人在境界上还在杜甫的层面，只是彼此略有差异而已。

明代文人的作品在形式上略有变化，能在精神上有奇趣的还没都展示出来。后来满人入关，一个本应延续的传统却中断了。晚清的民族主义者，都爱从明代文人那里找精神的资源，是可以理解的。

三年前曾去过常熟，专门去他的墓地看过。旁边是柳如是的墓冢。那一次与友人谈到钱氏与柳如是，感叹了半天。他们的故事，隐含着士大夫的宿命，直到今天，像钱谦益这样的人，对我们的启发，都很复杂。记得前几年黄裳和张中行还围绕钱氏发生过争议，其间隐含着几百年间道德与气节的话题。我有时想，像钱牧斋这样的人，他的学问深大概没有疑问，可是读他久了，会有种暮气的缠绕，不像傅山的文字那样使人动情，后者有种从郁闷里升腾出去的快感。钱氏让人亲近很难，但治学让人佩服的地方很多。他的一生似面镜子，士大夫的明暗在他身上很有代表性。我们中国的读书人，在精神的高度上，能像傅山的少，如钱氏的多，原因是骨子里还有脱不掉的旧习。在巨变的时代，犹豫、无奈，不能于清脱、峻急里自塑己身，也只能分裂地存活，俗的也来，雅的亦至，就那么驳杂地存活着。后来的读书人常常如此，也许是个宿命吧。

游民图谱

　　游民的概念起于何时，不太清楚。近代以来关注于此的学者渐多，起初的阅读是从野史札记里进行，后来在小说和绘画里渐渐出现了。钱玄同最初在明末清初学人的著述里发现《思痛记》，推荐给知堂和胡适，遂有了游手之徒的破坏力的讨论。早在 1919 年，杜亚泉在《东方杂志》上就专门提及游民文化对中国社会的影响力。周氏兄弟对此是敏感的，生前谈论这个话题的文章有多篇。鲁迅晚年特别注意《蜀碧》《立斋闲录》的内容，考虑社会问题的复杂性。从底层百姓的变形的生活里考察国民性的深层原因。不过那多是艺术的打量，感性直观的东西很多。只是到了王学泰先生《游民文化与中国社会》出版，问题深入化了，历史的一道景观才在我们的面前清楚起来。

　　讲中土文化的书多极了，还没有什么人从游民存在方式理解我们历史的变迁。我读过王学泰许多种著述，印象是幽思深深，绝无闲散的样子。他谈游民，一下找到了进入我们历史的新入口，原来生民的这种形态规范了我们的一种意识，它潜在日常生活里，可是历代文人，对此的认识带有盲点的。

前人讲《水浒》的艺术，以好汉的名字为之，似乎只说了一面。而游民的概念出来，好像把实质的东西说清了。再比如阿Q的形象，怎么归类呢？王学泰说他是个游民，背后难解的存在也就出来了。游民的存在，是几千年中国社会的一个顽症。也是无路可走的百姓的畸形形态。历史上有两个问题我们一直没有解决好。一个是士大夫的问题，总是循环着，没有出现新的读书人阶层。另一个就是王先生所谓的游民现象，每隔一些年就会出现一些大规模的游民群落。也成了社会动荡的因素之一。明清以来的笔记作品记录了一些。《草间日记》《蠡城被寇记》《扬州十日记》《虎口日记》惊心动魄之处多多。我们先前对这种现象只是阶级论的角度概括着，也只是部分的恰当。要是从社会学和民俗的角度看它，问题就要复杂一些。近百年来人们对士大夫文化和游民文化是分开来看的。鲁迅注意到了这两个层面的问题，把它们分开处理。阿Q与魏连殳，各自有各自的问题，彼此是不相干的。前者代表游民，后者是知识分子的化身。分别来处理的好处是清楚，可是接着下来的是彼此都不能走出死地，被困在什么地方。俄国革命发生后，本来情况是复杂的，鲁迅等人也是从知识分子的角度看革命，没有在民众意识里发现革命深层的东西，显然是中国问题意识使然的结果。倒是像伊萨克·巴别尔这样的作家在《骑兵军》这样的作品里表现了生活的丰富性。俄国的哥萨克与中国的游民不尽相同，可精神里的走向，没有被中国学者深究，对那段历史我们只能简单化地来理解了。

古中国的悲剧之一，是战时没有解决好农民与土地的问题，暴君与愚民之间出现了一个空隙，那就是游民的世界。好的方面说，是调节着社会心理，在坏的一面也是社会巨大的破坏力。江浙一带的百姓至今还对晚清时期的拳匪之乱心有余悸，那些故事印着一段辛酸的往事，文明的凋敝，和这样的群落关系巨大的。民国期间的学者，从前人的笔记里，发现历史轮回中的可怕的现象，遂对乡下暴动忧心忡忡。王国维的投湖，据说也有畏惧乱民的厮杀，以为天下也沦为流寇式的破坏了。虽是一种后人的猜测，但游民的破坏性给读书人的印记实在是太强烈了。

早有人说，古书里假象的东西多，历代文人有许多被一些文字欺骗了。看破隐秘的也只是少数的。王学泰先生是治古典文学的学者，从文学的框子里跳出来，写我们历史中空白的一页，心的感受是复杂的。在陈年老账里行进，不都是快慰，其间要咀嚼许多痛楚的东西。我读他的书，想起梁遇春当年对《水浒》里的好汉杀人的不满，据知堂说，那是浪漫的诗情起了作用。还只是读书人的雅好作怪。王学泰不同了，是一个思想的拷问者，不仅发现了游民现象的内核，而且提出了游民知识分子的概念。这样就把士大夫的话题和游民的话题一体化了。在我看来，游民知识分子的研究是个大的对象，中国社会的这类群落对文化的影响力更强。民间艺术与江湖体系是靠这些载体而存在的。他们的辐射力常常可以改变社会的风气。比如绍兴师爷的劳作就比一般读书人更直接于日常生活，关乎民生的冷暖。可是后来的学者往往看重书斋里的文化，对习幕的帮闲者忽略不计了。游民的队伍实在强大，而我们认识的领域又那么窄小。看来还不是学科建制的限制，而是我们对日常性的文化群落缺乏判断。实际上，存在于我们生活里的问题点，我们还是了解得太少。读书人可走的路很多，我们只选择了为数不多的几条。

杂文一种

　　古希腊的色诺芬在《回忆苏格拉底》中，引用了一句话，给我很深的印象："一个好人在一个时候是好的而在另一个时候却是坏的"。我有时候读到历史人物评价的书，偶尔就忆起这句话。眼前的这本刀尔登的书，好像在印证着上述的道理。

　　见到刀尔登，觉得很奇怪，样子和照片里的废名有点像。话不多，清瘦，喜烟，面带一点苍冷气。他的不修边幅的样子，和他的文章真的不一样，但任意与清脱还是有些的。缪哲在评论他的时候说过这样的话：

　　　　刀兄写作的当今，是汉语史上最黯淡的一页。人们所知的词汇，似仅可描画人心的肤表，不足表精微，达幽曲。所用的句法，亦恹恹如冬蛇，殊无灵动态。名词只模糊地暗示，不精确地描述。动词患了偏瘫，无力使转句子。形容词、副词，与小品词等，则如嬔女的艳妆，虽欲掩，然实曾本色的丑陋。刀兄的文字，则是出乎时代的。他的名词有确义，动词能使转，小品词的淡妆，更弥增其颜色；至若句式，则如顽童甩的鞭子，波折而流转。

我过去读前人的小品，有过缪哲的这种感觉。现在看到他的文字，真的眼睛一亮。这个六十年代出生的人，把时光溯回到了八十年前，和鲁迅那代人的文风融在了一起。最近出版的《中国好人》，是刀尔登的杂文的汇聚，好读的地方很多，学识、情调、见识都是不俗的，阅后如清风拂面，真的爽快不已。许多话是接着鲁迅在说，也说着鲁迅那个时代没说过的话。

刀尔登喜欢谈史。他的读史很私密，任意东西，无所禁忌，涉笔成趣。愿意看逝水的波折，但更多的是不放过微小的细节。中国的古书未必让人都那么快慰，但从中明了高低曲折是自然的。历史都是后人所写的东西，眼光呢，高远的总是不多。比如人们喜欢从道义上看人，可是却没有几个深切到人性与个体的情怀的。道德评人的结果，就是道德杀人。刀尔登谈冯道的一句话我很以为然：

> 五代的惨剧，本可换回些出息的。但宋儒纷纷而出，把观念的旧山河收拾起来，重入轮回。此后纷纷攘攘，不出矩矱。至明亡，才有人认真琢磨这些事情。但——仍以冯道为例——无论是王夫之，还是顾炎武、黄宗羲，都以冯道为小人，批评誉冯道为"隐吏"的李贽为邪妄。在三人者，身为胜国遗老，自然要痛骂不忠之人，好像大家都来做忠臣节士，便有万年不倒的王朝了。见王朝而不见国，见国而不见民，见民而不见人，此其所以翻遍坟典，拍破脑袋，也想不出出路者也。

记得这样的话题，前人也曾谈过，但吞吞吐吐的时候多，不能朗然。我读史书，最讨厌的是道德主义的口吻，似乎自己是真理的载体一般。中国的历史曲曲折折，有时候想想，不过是那样一些戏法，变来变去，不过如此，君王的威力实在是大的。以往的许多史家们不过是匍匐在君王身上的奴才。

感叹历史，总能悟出别样的玄机。旧时的概念似乎都被皇家的气味熏坏了。《中国好人》在和古人别扭，与今人别扭，超常规的语言是多的。比如，"事不宜以是非论者，十居七八，人不可以善恶论者，十居七八。"因为人间太吊诡，许多选择是介于合理与非理甚或无理之间的。可惜国人还不能还原真相，对以往的烟云只能看看而已。看风景，不关痛痒的地方多多，可是那里往往有生活的要义。中国的文人把精力差不多都放到伦常与德行的高坡，对日常的衣食住行不那么关注了。除了吾皇万岁万万岁，还有小民的屋下之乐，山野的清幽之曲，河畔的柳笛之音。钱玄同当年曾说，史书胡说者为多，不是没有道理。往深里去，只能尝到更苦的滋味的。

散淡的人通天地之气，因为远离道统，旷野的真气就亲近于己。我先前很佩服陶渊明读史的态度，他在旧迹里看到的东西，名利场中人就未必喜欢，是田野里获得真气的人才有的目光。臧否人间，总要有个尺度。韩愈要讲道统，宋儒大倡玄学，明人好放奇音，回到己身的就不那么多。读书人易迷信他人的文字，敢怀疑的亦少。其实对照史书与考古报告，有的信息似乎在告诫我们，不关民生的东西记载得过满，人的自我个性的攀缘微乎其微。要不是"五四运动"，我们在那个历史的洞穴里不知要囚禁多久呢。

刀尔登的名字很怪，是我们老家的一个镇子的镇名。辽西与内蒙古的许多小镇都叫什么"登"，意思什么，我也不知道。但沧桑的一面是多的。那是谜一样的存在。读史就是破谜。能否都还原历史，那自然是个未知数。但能否做到内心的真与个体的自由游走，那就要靠智慧与胆量了。这个，连上帝都不能给你，还得自己来吧。

关于《潜书》

明末清初的文人，经历了战乱，在江山易代之际，感受是剧烈的。在文章里笑对江湖者多多，发牢骚的也有很高的水平，不像今人的乱骂那么不雅。梁启超在《中国近三百年学术史》讲到过唐甄的《潜书》，大加赞扬云：

> 铸万品格高峻，心胸广阔，学术从阳明入手，亦带点佛学气味，确然有他的自得。又精心研究事物条理，不为蹈空骛高之谈。这部《潜书》，可以慕追周秦诸子，想成一家之言。魏、潘（魏叔子、潘次耕）恭维的话，未免过当。依我看，这部书，有粗浅，却无肤泛语；有枝蔓语，却无蹈袭语；在古今著作之林，总算有相当的位置，大约王符《潜夫》、荀悦《申鉴》、徐干《中论》、颜之推《家训》之亚也。

章太炎似乎也说过类似的话，手头没有资料，记不得具体的意思了。因为孤陋寡闻，对唐甄不太了解，后来遇到他的书，才知道一点具体的情况，他生于明崇祯三年，字铸万，号圃亭。清顺治十四年中举人，后在山西等地为官。晚年在苏州定居，官场失意，与流俗不合，遂遭磨难，孤愤不已。所作《潜书》，洋洋洒洒，上天入地，天南海北地走笔，没有呆板的死相，在什么地方和傅山颇像，放言无忌，有傲骨在斯。所以后来大凡有反骨的人，都有点喜欢他。到了民国，关于他的话题，还是时常出现的。

《潜书》在体例上很像《论衡》，也在模仿庄子的语气说话。不过他的才气还确实不及前者，所以只是些闪光的句子让我心动。他是个不满于现状的人，说说怪话，发发牢骚。特点是今不如昔，尧舜才是盛世，余无论矣。"盖世降日下，古之风也淳，今之风也薄；古之习也浅，今之习也深。是故古人之心，如镜蒙尘；今人之心，如珠投海。"因为总有一个古老的盛世的参照，看世就能察觉诸多的问题。他骂儒者的虚伪，在那时是要有胆量的，为女子辩护，也和俞正燮很像，是个敢与流俗对峙的人。我觉得他是个深谙历史的人，所以讲诸子之学，能以历史的眼光为之，就说了别人说不出的话。他的著作是要为一生的经验作一个总结，不想屈服别人的力量，自己讲自己的话，和一般的士大夫的确是不一样的。比如他看到流民的杀人，就有浩荡的悲慨，证明了中国乃吃人的国度。《止杀》一文云：

> 夏殷之前，不见此象，虽或有乱，兵起旋戢。春秋之世，兵虽不戢，无大胜败，或交和而退。至于七雄之世，杀人如乱麻。武安君为将，斩首之数，见于史者已九十八万矣。其他杀人之多，非数所及。十九代以来，不可胜举。若我生逢斯时，所闻之者：张献忠空江下之民，尽麋之于江，江水千里不可饮。及其据成都，成都屋宇市货之盛，比于姑苏钱塘，皆尽屠之。遣兵四出，杀郡

邑之民。恐其报杀无实，命献其头。头重难致，命献其手。道途之间，弥望更多山丘，迫而视之，皆积头积手也。蜀民既无可杀，饮食做乐，亦为不乐，乃自杀其卒。是时献忠之卒百三十万，先杀其新附者；已过大半，又无可杀，方欲杀延安初起之人，而身以为禽矣。

唐甄所讲的张献忠杀人，是他同代的事情，时光过去不远，并非妄谈。《思痛录》《立斋闲录》都有记载，亦惊心动魄。只有经历这种生活的人，对文化的理解才可能有切身的意味，不是空幻的议论。我在唐氏的文字里，读出了他率真的一面，毫无伪饰，愤世的一面历历在目。读书人一般引经据典者多，鲜去碰棘手的话题，何况是文字狱的危险很大的时期呢？暴民是专制社会的产物，把人视为工具，弃之如土，毫无价值的。在这样的氛围下的文化，只能是主奴关系的文化，做的是奴才的工作。《潜书》要破的就是这个死相。只是还不能脱离儒家的基本理念，书的力度有弱有强，那也不能责怪前人的。

大凡忧患之文，出于忧患之身。中国的文章，一直在忧患与粉饰间游荡，没有第三条路的。唐甄的出现，是读书人不满现实的表现，认知的层面渐渐开阔，一些基本的价值态度抬头了。只是思想的参照还太少，只能在黑暗里慢慢地摸索。比他出生晚一点的曹雪芹，才在审美的层面跳了出来，文人的书写才有了可反复品味的东西。所以，中国能出现曹雪芹这样的作家，并不奇怪，在他之前的文人的经验，确已含有了独立的因素。整体的苏醒，还是"五四"的事情，到了那个时期，中国的文章才有了异样的色彩了。

门外话

　　我的父母是中学语文老师，在辽南一个县城工作了大半辈子。我也是在师范学院中文系读过书的人，但抱歉的是没有在中学任教的经验。不过，从我的父母的一些故事里，知道语文教育是件不易的事，其间的规律什么，他们好像也没有说清楚。只是觉得，教语文的人，应当会写文章，至少是像一点模样的文章，否则就有点隔膜。雾里看花，门外闲谈，把文章八股化，那就没有出息了。

　　文章不好写，也不好教。原因是思维的复杂吧。教孩子常识可以，但让人学会一种思维方式，恐怕就难了。研究《红楼梦》的著作多极了，可是学会曹雪芹的运笔方式的就好像没有。形象思维是不能模仿的，至少不能彻骨的模仿的。而且就文章谈文章，好像也找不到写作的窍门。所谓工夫在诗外，也不是没有道理。我的父亲念过私塾，略会写点文章，他说那是背书的缘故。我的母亲是新中国最早的大学生，就不太会写散文、杂文。但课讲得还可以。他们两人的反差，常常使我想，在语文教学上，大概有两种类型。一是学生通过读书学习，自己摸到了写作的门路；一是自己并未能写一手好文章，但对文章的内蕴能说出一二来。前者可能变成作家也未可知，后者成为鉴赏者那是自然的了。我们讲语文教学，对这两个方向的群落，是不能排斥的。我个人倾向于前者，原因在于有它的难度。不克服难度，还读书干什么？

我私下想，语文的目的是让人快乐。知道前人的智慧是怎样的，他们的表达方式如何形成。表达其实是生命的快感的产物，欣慰的、悲哀的、肃穆的，都可以从文字里找到快感。所以真的文章是自由的文章。文章即自由。

但麻烦的是考试。语文教学的检验是看考试成绩。这就坏了。考试其实与思维的快乐是两个东西。八股虽然也会产生好的文章，但把精神的翅膀斩断了。考试的文章，可能多少是憋着劲写出来的。但思想者与艺术家的文章有时是在轻松的调子下完成的。或者是在没有外力的压迫下写出来的。我觉得，孩子们现在学会轻松地写作，大概是个选择。这里涉及到超功利的问题，精神松绑的问题。当然归根结底是书写环境的问题。这些让老师们去改变，也是大难之事。

自己没有当语文老师，竟胡说了这么多，实在不好意思。

李鸿章旧影

　　自从洋人敲开古中华的大门，在国人记忆里，耻辱之迹遍地，可记的片断多痛楚的行影。像李鸿章这样的人物，让人一言难尽，如今思之，不禁为之隐痛不已。我们过去只是从国人的视角看李氏的一生风云，史家的情感多少渗透在价值笔法里。其间也不免是民族主义的成分渐多。但洋人怎样看这个历史人物，他们笔下的李氏的形象如何，却知之甚少。在真正通晓历史的人看来，李鸿章给世人呈现的往往是半个脸面。

　　终于在张社生的《绝版李鸿章》里，读到了那么多鲜为人知的图片和史料，才知道先前我们对洋人世界的模糊程度。书中的图片和绘画都有实录性，是西洋人为我们留下的中国印象记，这个大清王朝的风云人物的内心苦乐，文化冲突里的恩怨，总算有了另一种镜头。中土社会"被近代"足迹，在根基上动摇着我们的旧有文明。作为这个文明的官僚使者，李鸿章唱的不过是日薄西山的凄凉之曲。

　　洋人文化的大规模入侵，对清朝的遗老遗少而言，没有精神的准备。专制社会下的愚民对此也只是阿 Q 般地呆看着。张社生借着大量的史料图片还原着当年的形影，像一部电影，婉转起伏之间，散落着人间的旧事。但我们的作者不像以往的谈史的文人那么严肃的道学气，他的轻松的笔触下自嘲的调子，把我们内心的沉重转换成智慧的内省。只有自信的读书人才会有类似的笔法，也只是自今天这个语境里，我们看人看事，比前辈多了一种洒脱，虽然其间也不免淡淡的忧戚。毕竟，我们的前人在巨变之际，还没有一个多维的语境。也恰恰是那时种下的苦果，在后人的咀嚼里，才有了摆脱旧梦的挣扎，这挣扎直到现在，还在延续着。

李鸿章一生难以用一个尺子衡量，从不同角度看他，结论自然不同。他走了那么多国家，视野要比国内的官僚开阔得多，也因此搞起洋务运动，派遣留学人员出国，改造旧的外交路线，都是中国现代意识的萌动。只可惜他不能像日本的启蒙前辈从制度结构的层面深入思之，加之在官僚社会久浸，思想自然是笼子里的东西。先前学界争论，近代中国的开化是"被近代"还是"自改革"呢？如果是"自改革"，那么李鸿章是个代表无疑。不过就我看来，"近代化"是被迫的结果。你看，李中堂与洋人谈判，一步步退让，一步步妥协，又一点点讨价还价，还不是被迫的时候居多？因为是"被近代"，就一面是保守地面对世界，一面为了江山社稷而做小规模的修补，根底还是孔孟的旧梦，大清政权问题远比民生与文化复兴更重要。官僚下的走卒，能做的事情，毕竟有限的。

在剧变的时代，国人能应对棘手的国际纠纷者不多。李鸿章是个渐渐掌握通变本领的人，他知道，皇宫的那套思路不行，民间的义和团也是胡闹，至于孔老夫子的遗训也是失灵的。他身上的江湖气与痞子气，加上官僚相，在此杂然相交，于是形成了特有的智慧。在良知与世故之间，他选择了另外一种道路，二者虽不能得兼，可是却应对了一个大的变局。荣辱一身，善恶相兼，这在此后的官僚世界里，形成了一个小小的传统。面对现代西方强势文化，想要使中华古国有点面子的斡旋，李鸿章对人的警示作用在正反两方面都是不能忽视的。

讲近代中国的变迁，日本、俄国是很好的参照。可是我们对此的深入打量，还不太够。同样是被近代，日、俄的路就与我们不同，大概是深层的文化起了作用也未可知。李鸿章是一个失败的群落里在安顿自我、及重建他人关系的象征性的人物。他走过世界许多地方，内心的体味一定复杂是无疑的了。他知道大清帝国衰微的结局，但一面又在修补着那个世界，竭力挣扎在东西方文化之间。他在受辱和自尊间的平衡点里，重复了古中国庙堂文化与市井文化的精巧的东西。但那些还没有现代意味的闪光所在。所以梁启超对他的微词也是自然的了。不过他的价值也许在另一个层面更有引力。那就是在读书人看来，改良与革命是必然发生的事，因为重复李鸿章模式的代价，实在是太大了。

这一本书的图录对读者是个刺激。那个大变动的图景不幸多是洋人记录着。那些铜版画的韵味，都暗示着人的命运。可惜我们看不到中国的画家对那个时代的描绘，那时候中国的文人还睡着，对不幸的国运似乎没有应对的力量。借着外人的图片，我们不仅感到精神的隐痛，还有审美的自责。直到现在，我们的画家对域外的事件很少反映，还囚禁在自己的天地。可是那时候日本的浮世绘对李鸿章世界的描摹，已透出研究异类存在的好奇心。当今天我们看到前辈被漫画地呈现出来的时候，才知道我们许久是没有"他人的自我"的概念的。这不仅是李鸿章那代人的悲剧，也是今天许多人的悲剧。李鸿章还不能说是过时的人物，现在人们常常谈及于他，变成不衰的话题，是因为我们还在历史之中，"被近代"还没有画为句号的缘故。

语　趣

　　在一本书里看到苏曼殊的绘画，静穆得出奇，好像有佛音缭绕，看久了心也摇动。他很有才华，诗、小说、散文，都写得好。只是他的生平太苦，若不是疾病的袭扰，也许会留下许多的作品。可惜年仅三十五岁便命丧黄泉，当时不知有多少人为之垂泪。

　　苏曼殊的形象在文人那里一直是消瘦的样子。因为出身奇特，又是出家人，在文坛显得别具一格。他的文字很有特点，夹杂着日文、梵文、汉语的痕迹，使表达丰富起来了。他是个混血儿，父亲系在日本经商的广东汉，母亲是温顺的日本人。这个奇特的家庭拥有两国的语境，在他那里是交叉的，以至连文字也混血的。比如他翻译的作品，在内蕴上就旋律多种，余外之音是有的。鲁迅曾谈到其所译的拜伦的诗，很是喜欢，是影响了他自己的。我读过苏曼殊许多文章，都很感动，是才子的情缘在的。德国的汉学家顾彬说，苏曼殊是使古典小说终结的人，那是对的。他的作品已经开始摆脱旧文人的习气，大有欧人之风。感伤而痛苦，诗意里跳着爱意。比较一下契诃夫、莫泊桑的小说，他与之的距离是近的。

关于苏曼殊的翻译故事，坊间有诸多传说。印象深的是与陈独秀、章士钊同居时的争执与互动。据说他的中文水平是得到陈独秀的点化的，章士钊对其亦有影响。但翻译的经验对陈独秀、章士钊似乎没有影响，文体还是很中国的。而苏曼殊的语言则有另外的韵味了。没有翻译就没有现代文学。早期白话文章好的，都懂得一点西文的。或者说西文的翻译刺激了他们的写作。这是个大的话题，我们一时说不清楚。在谈现代作家的写作时，这个话题是绕不过去的。

我觉得苏曼殊夹着太多的谜。他与鲁迅的关系是增田涉、林辰揭示出来的。林辰生前写过许多考据文章，尤以这篇考据为佳，读了印象很深。晚清的文人中，苏曼殊的存在显得很是特别，他吸引了许多人的注意，人脉很好。似乎大家都可接受之。

苏曼殊开始写作的时候，林纾的译文已经畅销许久了。林纾自己不懂西文，却译了许多佳作，一时名震四野。但林纾太古雅，是桐城派的中坚，把汉语与西洋故事有趣地嫁接着。苏曼殊则不然，他通西文，东亚的气息亦浓，便找到了精神的入口，东西方的意蕴似乎翕合无间。他谈拜伦，谈雪莱，体贴的地方多，且妙句连连。那就没有隔的意思，似乎融会贯通了。比如《燕子龛随笔集》云：

英人诗句，以师梨最奇诡而兼流丽。尝译其《含羞草》一篇，俊洁无伦，其诗格概合中土义山、长吉而镕冶之者。曩者英吉利莲花女士以《师梨诗选》媵英领事佛莱蔗于海上，佛子持贶蔡八，蔡八移赠于余。太炎居士书其端曰："师梨所做诗，于西方最为妍丽，尤此土有义山也。其赠者亦女子，辗转移被，为曼殊阇黎所得。或因是悬想提维，与佛弟难陀同辙，于曼殊为祸为福，未可知也。"

因了阅读西文，曼殊的文字便柔软多样，和旧的士大夫不同者许多。"五四"白话文创作出现之前，他的文体，大概可以算是过渡期的代表。其小说文字，无意间也有了新的内蕴在。晚清文人欲在文章里搞出花样者大有人在。因为不懂外文则多被限制。苏曼殊后来写小说，以情为主，没有道德说教的那一套。故事的布局，作品结构，都面目一新，与西洋小说略有似处。鲁迅之前，他是重要的存在。许多新式的表达，在他那里已经萌芽了。

1916 年，陈独秀为苏曼殊的《碎簪记》写下后叙，对这位朋友给予很高的评价。他说：

> 余恒觉人间世，凡一事发生，无论善恶，必有其发生之理由；况为数见不鲜之事，其理由必更充足，无论善恶，均不当谓其不应该发生也。食色性也，况夫终身配偶，笃爱之情耶？人类未出黑暗野蛮时代，个人意志之自由，迫压于社会恶习者，又何仅此？而此则其最痛切者。古今中外之说部，多为此而说也。前者，吾友曼殊，造《绛纱记》，秋桐造《双枰记》，都说明此义，余皆叙之。今曼殊造《碎簪记》，复命余叙，余复作如是观，不审吾友笑余穿凿有失作者之意否耶？

陈独秀没有直说作者的小说的审美特点，但对其精神是赞扬有嘉的。在陈独秀看来，那是写了现代人的情欲，思想在感伤无奈之间。按陈独秀的性格，未必喜欢缠绵之作，但苏曼殊的精神在真与爱之中还是打动了他的吧。

在苏曼殊眼里，世间的文字，在文词简丽方面，梵文第一，汉文其次，欧文第三。所以他虽然喜欢浪漫诗人如拜伦、雪莱者，可是最可心的却是佛学著作。佛的高深，我们岂能及之？那是高山般的世界，后人只能仰视而已。而他的诗文小说动人的一隅，也是传达了佛音的。在清寂幽怨里淌着幻灭的影，人的渺小无奈都折射此间，真的让人动容。他写过政治性强的文章，印象均不深，不足为论。唯谈艺与小说诗文，情思万众，摇心动魄。见月落泪，听雨暗伤，此才子式的缠绵，真真可爱至极。而文词里玄奥偶存，时有佳句飘来，为晚清之独唱。章太炎、陈独秀、鲁迅对其亲近的感觉，都是有道理的。

我每读苏曼殊的文字，都有种沉潜下去的感觉。因为好似也写出了我们内心的一切。他在精神上的广和情感上的真，形成了一股漩涡，把我们带到冲荡的净地。那是佛的力量还是别的什么，我们真的一时无法说清的。

石窟艺术

去洛阳的时候，顺路到了龙门石窟，在那儿待了半天。龙门石窟名满天下，到这儿来，也有点朝拜的意思。可谓心仪已久。那一天见到了北魏、唐宋间的诸多石刻佛像，惊异了好久，才知道古人的艺术，确是阔大的。千百年间，刻在纸上和木版上的作品不计其数，但原物大多已不见了。唯有这类的石雕作品，还立于世间，让我们可以触摸到古人的脉息。这真是一个奇迹。龙门石窟，千姿百态，佛像造型各异，那才叫每个人都有一个心中之佛，佛的神异化、人间化，都可以在此找到的。

初次造访龙门，在被深深地感动之余，便想象着先前的艺人，他们创造佛像时，是为了艺术呢，还是信念，抑或别的什么？历史没有留下艺人的名字，我们甚至不知道一丝痕迹，但那栩栩如生的造像，却让人感到了精神的阔大。真的，历史上许多优秀的艺术，是出自那些隐名埋姓者的手中的。他们并不在意自己的荣誉。

据说这么多的造像，大多是发愿者出资请工匠制作的，动机自然是为了佛的保佑或是以求真谛。用学者们的话说，乃功利主义吧。中国的工匠集聚于此，忘掉了尘世的苦乐，专心于神的精魂，从体态、面貌去揣摩佛家玄机，那也有了形而上的意味。西洋人曾惊叹龙门石窟的艺术价值，其实也是看到了它背后的精神的。如今，谁还去在意发愿者呢？我们感兴趣的，倒是那些无名的工匠们。

"文革"的时候，各地都在塑纪念像，全国加起来，总比龙门石窟的数量还多。那时候是精神崇拜，人变成了神，各类雕塑，就很有点神异，看起来要仰视方可。这大约可见当时的风气。龙门里的石像，在北魏时期的，很有神气，也是时代环境使然。观念不同，艺术也不同了。可到了宋代，就颇像世俗中人了。人神共舞，人神同形，世俗梦想流入宗教世界。什么原因呢？也还是社会观念起了作用，人对事物的看法，永远是变的。

我在乡下插队时，看到山上的庙中的一些雕像，都温和得很，现在想来，也是百姓的善意在起作用的。他们不希望自己庙中的神像吓住孩子，因为神在百姓心中，是美的。可是有一年去晋江，在闽南的庙宇里，看到的佛像却威武得很，且带一丝鬼气，不知道什么原因。日本的佐渡岛上，神庙很多，可是庄重得很，在那里只能周身肃穆。所以，同样是佛，南人与北人看法不同，中国与外国，也有区别的。而同是一个地区，古人与今人亦有差异，在不同的时光里，呈现着不同的色泽。这原因倘能说清，是有意味的。

我向来是不信神的。但却觉得宗教的世界有着比世俗社会重要的东西。托尔斯泰倘不信上帝，《复活》绝不会一唱三叹。曹雪芹如离开了释迦牟尼的启示，《红楼梦》就不会被演绎得楚楚动人。此岸需要彼岸的对比，今人亦需常常参照一下古人。一对比，好像就清楚了一些什么。类似的话，我们的先人，多少也说过些的。

从龙门石窟参观归来，也有二十几天了。有时静静地想一想，在现存的地上艺术品中，它的分量，确是很重的。毕竟，石窟里留下的不是孔圣、关公之类的形象，亦无市井里的旧气。我们在佛的面前，有时可以想一想今生，猜猜来世，那感觉，非别的古物可以刺激出来的。

谈《梅志文集》

1991 年我去成都参加巴金的学术研讨会，认识了梅志女士。那次会议由于她的发言，将巴金的话题引向胡风及其文学理论的风潮里。因了胡风冤案，她随之饱受苦楚，却无一点颓唐的样子。她对巴金的理解和赞佩，成了那次会议的亮点之一。许多学者的鸿篇论文，都流水般的过去，难以记住，可是梅志的发言很深地冲击着我。我们会后一起去乐山和峨眉山，一路所获甚多。她和蔼、善良，似乎像未受过风雨冲击的人，内心依然保存着纯净之美。而且那么平民化！我那时想，这么美丽的老人，怎么竟能和不堪回首的磨难连在一起？

直到后来读她写下的文字，才渐渐了解到过往的生活。她三十年代参加左联，后来一直帮助丈夫胡风从事编辑工作。胡风受难后，她陷入到绝境里，身边一直是无言的苦楚。六十年代后，又随胡风一同在四川的山中劳动。左翼文学史的明与暗，在他们的命运里折射得很深。近读《梅志文集》，颇多受益。书里集中呈现出她和那个时代痕迹，其思想的闪光，热得让人心动。胡风一生命运多厄，可因她的存在而获得了一种世俗意义的安宁。研究现代文学史，她和胡风的资料，是不能不读的，在那些血泪之迹里，流动着鲜见的精神隐含。

越到晚年，她的文字越好。忆旧、怀人、思己，精神是沉潜的，静静地对着世界，又不失内心的热情。她对胡风的描述，在史料上的价值抵得上一部文学史，人性里晦明不已的那个存在，被她那么敏感地复原出来。梅志笔下的三十年代与七十年代上半叶的生活，感性的碎片里折射的内涵很多，认知的价值毋庸置疑。人的怎样落难、吃苦、无畏，怎样的投机、无耻、失落，而且那时对峙双方的精神状况，都栩栩如生地呈现着。一个沦入炼狱的人的思想和生活，不仅是精神史的话题，日常性的景观里透漏出的意义也是不小的，我们至少是从这里感受到了原态的人生。

胡风话题牵涉到文学史中复杂的现象。鲁迅当年所欣赏的这位批评家，其后来的命运与中国的文化走向关系甚深。梅志作为历史的见证者，她的每一篇文章，都对应着这段的历史。当一个人不是从学理的角度，而是以亲历者的视角回望往事的时候，提供的图景是要超出艺术理念的内涵的。《梅志文集》不是高山大河，亦无惊人之笔，却在平凡之中百转千回，余音绕耳。那么多可念的人与事，要不是她的勾勒，早就弥散到时光的空洞里了。无名人腔，无作家腔，无学者腔。每每读之，不禁浩叹！如此的从容的女性文本，先前是很少见到的。

我惊奇于她对资料的处理，那些关于鲁迅、萧军、萧红、周扬的回忆，给我们的是一幅幅奇异的画面。十里洋场上的革命文人的衣食住行，阅读趣味，秘密组织、恋爱与工作情况，都在她细节的笔触里还原出来。关于左翼文学，历来的描述都是观念化的，她却复原了那些有血有肉的活的人生。周扬的风格，萧军的情调，聂绀弩的神采，都非从一般的回忆录里可以看到的。梅志看人带有善意，纯洁得如同冬雪，洁白与污秽在她的映衬下黑白分明。但又不自怜与偏执，朗朗然有正气在。世上描写萧红的文字很多，却没有一篇像她的文字那么传神。女性间的暖意的体验，对生活与艺术的困惑，在她的记忆里如云如水地流泻着。那是一个奇妙的文本，不动声色中的悲悯，哀怨淡淡里的素描，烘托着日常生活的苦乐。远去的精神之图，现在经由她的文字，活生生地被触摸到了。一面是惨烈的屠杀，一面又是温热的情怀。在残忍和无声里，人的创造力竟还那么巨大。在那样一个时代，左翼文人的紧张感，的确是今人难以预料到的。在觅路与失路之间，文化的河从来都是激荡不已的。

梅志因儿童文学闻世，所作的文字单纯可爱，是童心的描述者。当年读过她作品的人，还记得那文笔的清纯之美。后来她写回忆录时，面对己身的苦难，却依然不失爱意的激情，总像暖意的播撒者。她在极度困顿的时候，还相信着人间的爱意，不放弃一点点的期盼。而且文字里没有一点颓废和无奈的痉挛，思想是沿着日光的轨迹滑动的。你不能不佩服她的坚韧，在没有光和爱的地方，她散发出了光和爱。不仅仅温暖了绝望的丈夫，也温暖了我们这些后辈的读者。在现代女性文学史上，梅志的分量是重的。

厦门有感

厦门大学是花园的学府。仅几个博物馆、纪念馆就够让人久久驻足的。细雨之中与周海婴、周令飞等先生参加了鲁迅纪念馆的重修后的开幕仪式，这所大学如厚厚的一本书，让我愉快地读了进去。一页一页的。

南国的春来得早，北京还是冷冷的时候，厦大校园已有夏日的气息了。我来厦大，是为了一个心愿，看看鲁迅当年住过的地方。多年前读《两地书》，见描写南普陀前的生活，曾叹先生的率真与可爱。我对闽南的风俗人情也生出了好奇之心。在校园里看到了人类博物馆、陈嘉庚纪念堂等，它们和鲁迅纪念馆一样有长长的历史之影。不独鲁迅在这里留下了诸多故事，林语堂、顾颉刚、邓以蛰、孙伏园等亦有不少佳作问世于此。陈嘉庚于1921年创办了厦门大学，招来不少名流。陈氏曾云："国家之富强，全在乎国民。国民之发展，全在乎教育。"陈嘉庚倾其所有，创此新业，其功德早已泽被后人了。

朱水涌先生说，厦门时期的鲁迅，表现了内心最柔软的一面。一语道出了真相。我参观先生的旧居,夜里在旁边伫立,好像回到了八十年前。现在的厦大热闹极了,学生穿梭于此,外面是热闹的商铺。八十年前,这里却是荒郊,夜里鲁迅独居于二楼,寂寞是巨大的。他从北京到这里,环境完全变了。旧有的社会关系忽然中断,人地两生。加之人际上的种种不快,学校的新鲜持续了不久,很快就厌倦于此了。当时所写的文字,颇为寂寥,有着从未有过的空幻。我读《写在〈坟〉后面》,听见了他的心跳,苍凉的心和远古的历史以及远方的亲友,那么真切地相贴着,仿佛也在与上苍交流。人在放逐于荒凉之地时,倘还有点闲暇,自对己身时,就不能没审己的冲动。鲁迅在无聊里写下了《藤野先生》《从百草园到三味书屋》。他很少那么的回顾青少年的生活,这短暂的空闲,将久久隐于记忆深处的情感之窗打开了。一直以来,他是不愿谈论自己的,因为憎恶自恋式的表达,心绪停留在另一个地方。但在困住厦门之时,不知怎么,却想起了遥远的旧影,也觉出写出的必要。或许可以说,借着旧梦的重温,他找到了对话的影子。

人在失去日常交流的时候,仅凭文字沟通时,那么这些文字里留下的往往是原本的气息。《两地书》有八十余封信写于厦门,厚重与深切,让我久久难忘。鲁迅的敏感,多疑,自信,都留在了此间。有学者发现了先生爱表达的两字:无聊。一个有生气的人,在陌生的环境忽然觉出无聊,总有深层的原因吧。

《两地书》呈现了人际关系的危恶,固然是无聊的原因。我猜想不适宜于校园生活,是另一个潜在成分。北京虽任教于几所学校,但毕竟是兼职,有时乐趣在编的杂志与书籍,与文学青年的交往。厦门那里的条件很闭塞,北京式的人文气氛基本没有。信中叹道:

> 我仍在觉得无聊。我想,一个人要生活必须有生活费,人生

劳劳，大抵为此。但是，有生活而无费，固然痛苦；在此地则似乎有"费"而没有了生活，更使人没有趣味了。

"没有了生活"，在鲁迅看来是可怕的。当精神交流的渠道受阻后，一切都显得无味了。厦门之美，为天下人所公认，自然山色有奇绝之处。然而人毕竟是社会之人，心理的需要只能在社会关系之中达成。所以当学生们办起文学杂志《鼓浪》时，他兴奋了起来。青年作家陈梦韶将剧本《绛洞花主》交鲁迅指教时，竟欣命笔，成序言一篇。且文字激昂沉郁，短短篇幅，有未尽之意。鲁迅终究明白，写作乃自己惬意之事，教书之道与性情竟多悖矣。

在我的眼里，鲁迅一生都是在放逐自我里寻找着精神的支点。从一个地方到另一个地方，一种职业到另一种职业，当选择了什么时候，立即又是怀疑起来，重新放逐起来。我到厦门看到蓝蓝的天，绿绿的树，比北京清幽而诱人。鲁迅却不以此为乐，硬要从此再度流浪，倒看出了精神的悖谬。彷徨于无地，且又无往之所，乃人生的写照。他所需寻求的东西，我们这些俗人有时不能一下子明白。

立即又怀疑起来。不愿被束之高阁，不愿享清福，要保持一种真我，这是他可贵的地方。什么是生命的质量呢？鲁迅的选择至少表明了以下几点：优越的条件解决不了心灵的问题；失去了与世间的交流便丧失了意义；职业选择与信仰有时是没有关联的……真实而愉快地生活着，是天底下大难之事。鲁迅做到了此点。我们这些俗人，有时只能望而生叹。

八卦与汉字

我对《周易》不太了解，看别人大讲八卦的时候，自己只是默默地待在一旁听着，插不上嘴，好像玄之又玄，要弄清楚是殊不易的。前不久翟东先生到我这里，拿出新写出的书稿《八卦格写字法》，大为惊异。翟氏把《周易》里的哲学和汉字书写联在一起，倒让人对汉字的发生有了另一种看法，一些文化史上的谜团好似解开了。汉字里本身就有哲学的背景，细想起来大可深究。不知道文学家们，对此有着怎样的看法。

许多年前，一位友人说，汉字、中医、旧体诗，背后有着共同的东西。是什么呢，他也说不清楚。看了翟东的书，才猛然感到，《周易》的力量，在我们的文化中无所不在。以汉字为例，传统的观点是，它是方块字，但它的内部构成是什么，却语焉不详。翟东经过研究，认为汉字内涵阴阳之道，外呈八卦之形。他从汉字的结构里，处处看出八卦的形影，可说是趣味的发现。或许，中国文字与中国古老哲学浑然一体的状态，在这里被还原了。

唐代之后，文人们创造了各种练字的格式，像九宫格，变九宫，十六格，田字格，米字格等，意在让人在规矩里找到了写字的办法。我小的时候，用的是田字格和米字格。但至今对书法无法把握。不过，我偶看书法家的文字，见到其变化多端，千姿百态，也常常想，天底下的汉字，大约有一个基本的规则，抓住了这个要点，就可以伸展自如，自成气象。王羲之飘逸如仙，怀素气吞山河，颜真卿敦厚豪放，柳公权秀雅灵动……都是松弛自由，内外有度的。

据说易经由简到繁，静动交错，那么汉字也大抵如此吧。我见过鲁迅手抄的古书籍，字体与木刻的活字颇像，点、横、竖、撇颇为讲究，真真是大家手笔。但看他的小说，杂文手稿，则从四平八稳中走出，像会跳舞的艺人，神态万千，美趣多多。始于有法，终于无法，大的书法家，似乎都这样的。

"五四"时期，先驱者们曾有废除汉字之说，以为走拉丁化的路，文字才有希望。然而那时的思想者大多写一手好字，可他们并不觉得。汉字是与拼音文字不同的存在。它像画，亦如诗，自身隐含的精神是丰富的。像八卦与汉字联在一起，似乎就可以解释先前说不清的问题。不妨说是一个惊世的发现。翟东在书中说：

《周易》学说的对称法则，集中地体现了中国人审美性情和追求美的理念，随着社会的繁衍，必将永远地保留在文化艺术之中，并直接影响和塑造更加灿烂辉煌的美。在中国浩如烟海的文学作品中，你可随处见到对称法则的应用，如句子和诗文的对偶，对仗，形式上的对歌、对联等。中国人所用的交流工具——文字，在衍化与发展过程，"易学"的对称原则起了举足轻重的作用，并与之形成密切的因袭关系。大小篆线条及体势的对称，篆文书写上下、左右的对称以及文字书写中形成诸多的对称范例，都活灵活现了。"易学"对称法则。八卦格的构成同样因袭了"易学"及八卦的对称原则，形成了天地相对，东西相称的布局。正是沿袭了这种对称的构造，才使得以一简单方法更严格、更有效、更规范地统御和界定洋洋洒洒、巍巍壮观的汉字。

先前，人们说汉字是方的，大家没有什么疑义。自翟东将其论述为圆的时候，我才觉出，国人对自己的文字，原来知之甚少。世上的许多象形字已经消失了，唯有汉字还历久弥新，未见其衰老的气象，大约正是它通乎天地，发乎性灵的缘故。中国文化中哲学与诗学的兼一，审美与认知的同构，或许也是由汉语的本质结构所规范的。感谢书法家翟东，是他捅破了这个窗户纸，使我们知道了原先朦胧的东西。天底下的学问很多，有的就在眼前，可我们却未长时一双会发现的眼睛。

据说，翟东是从女儿的游戏中，忽地发现了汉字八卦格的图案。这倒让我想起历史上的诸多科学发现，差不多地也是非功利的情况下产生的。中国人现在太讲实用，想象力大多衰竭了。我们看不到事物的本质，那是内心蒙上了太厚的尘土。遥想古人有太极之图与汉字和发明，有梵音与汉声的创造，而今人大多只会模仿与注译，真真是可叹也夫。

神秘的雷声

　　中国的留学生在域外的写作，题材大多是单调的。自郁达夫那代人起，留学生的文学似乎仅仅被爱国与性爱一类单调的主题限定了。只是到了近几年，情况才悄悄发生了一点变化，比如美国的刘齐、德国的阚昱静，都写出了特别的东西。但是真正让人刮目的，我以为当属新近在法国出版的《围棋少女》。作者山飒以从容、优雅的笔致、不动声色的悲悯，写了东方人的宿命。我读这一本书时，感到了想象的魅力和爱欲的魅力。以往的留学的文本中那种感伤、压抑的调子，被一种高远的哲思代替了。这一本书不仅摘取了中学龚古尔奖的桂冠，成为法国最畅销的小说之一，重要的是，它暗示着华人的域外写作，已找到了新的表达式。

　　《围棋少女》是一曲幽远哀婉的乐章，小说通篇滚动着诗一般的旋律。作者在深含着东方文化眷恋的母题之余，又超于己身，从人类的枉然与文化冲突里，寻找到了人性的一种密码。山飒是一位诗人，她对人的欲望与信念之间微妙的体察，以及不可逾越的种族冲突的洞悉，是超越了儒家的风范的。令人惊奇的是，作者在战争、性和爱情之间，发现了美的脆弱以及人性的悲剧。一个远离祖国的人，当平静地回首故国的历史时，能如此诗化而哲学地返观旧物，且将其象征化，能不令人为之感动？

汉语小说中，从没有过这类的书写，两个人的独自相互交谈，背后却是同一个寓言。山飒选择了战争中的男女，选择了中日文化共同的语言——围棋。更动人的是，选择了爱的蒙难，美的死灭。当日本军官向心爱的中国少女射出子弹的瞬间，山飒精心构造的爱的迷宫顷刻崩解了。我读到此处，忽想起了川端康成，也想起了巴金，好像看到了作者的某种承传。但又绝不雷同于他们，那是山飒性灵之光的一缕闪烁，亦是对历史的诗化的诘问。女性的细腻、羞涩、凄迷乃至悲苦，就那么在迷乱的时空中跳跃着，组合着。我们先前何曾读过如此具有旋律感的小说？它糅进了油画的某些色调，注入了古诗词的意象，还带着西洋乐的音符，在我们的耳边久久回旋。王小波好像说过，小说具有无限的可能。看了《围棋少女》，我以为这个观点是对的。

好的小说，大抵是超出常规的，但又常常平白无奇，可撼人心魄的，一切又在那平静之中。山飒的小说无雕饰的痕迹，通篇又颇为讲究。我记得博尔赫斯说过，当前文学创作喜欢写混乱，喜欢冒冒失失地即兴发挥，而古典式的富有激情和想象，并非人人可以做到。《围棋少女》是一部略带禅气的作品，作者一直从容地控制着情感，使之在一种格律里跳动。它看似古典式的，但又超越了古典风范。萧红、王安忆都未曾写过此类的小说，虽然山飒缺少乡土气和野性的脉息。法国批评家帕里斯·德勒布尔对《围棋少女》颇为看好，他评价作者时说：

她静如行云，清如流水，举手投足之间都流露出道家的思想。

与某些装腔作势、表面上包罗万象实则空洞无物的作品相反，也不同于许多作家为了获奖而创作的大部头家世小说，这部作品如歌如吟，震撼人心，书中那弥漫在爱情迷宫中的羞涩情感，有着茶一般的苦涩和踏雪无痕般的温柔。

于"清如流云"般的语序里，昭示人间大的悲哀，那是智者的境界。法国人或许缘于此点，给予了作者很高的荣誉，据说西方人崇敬"静穆得伟大"那种艺术，中国人也有"静水深流"的誉词。其他不论中外，自古以来，举重若轻，深入浅出，均为人们推崇的境地。山飒大约是个远离杂念的人。她精于诗歌，深味书画，又觉得域外文化的妙趣，所以其小说像深夜里远边的雷声，给人的神异和惊悸。在一个平庸的文坛上，我们忽然听到了这一炸响，是有着意外的喜悦的。不知道读者诸君，是否也有类似的感觉？

老照片

　　年初，无意中看到周海婴拍摄的照片，很是惊讶。没有想到他在摄影方面还有如此的天赋。这都是七十余年间的底片，二万余张，从未发表过。后经陈丹青等友人挑选，在北京国子监搞了个图片展，一时观者如云。

　　周海婴一直低调。其父在遗嘱里说，不要去做空头的文学家和美术家，他一直记着。一生从事的是自然科学方面的工作，从不介入文坛的事情。他三十年代末开始接触摄影，那不过是闲余时的神游，没有做艺术家的野心。喜欢科技的他，对镜头语言别有心得。有些照片，品位很高。但拍了那么多作品，却从无发表流布的企图，有的一放就是六十余年。要不是亲朋的建议，那些老照片大概会更久地睡在书房里吧。

　　不善言语，却喜欢借着镜头表达，默默地与世界对话，在他是一种精神活动的方式。他不像自己的父亲总在文字和美术间穿梭。好像对感性的场景更感兴趣，涉猎广泛，对身边的一切均有好奇之心。文人脾气、平民苦乐、都市节奏，小镇风俗，楚楚动人地展示在其镜匣之中。比如四十年代上海街头难民的特写，战乱的捕捉，都让人喜欢。那些关于小人物的镜头，是真切而感人的，从拍摄的角度看，有深深的感情在，不像小布尔乔亚的作品那样自恋，悲悯的成分很多。那个时代的疾苦都从其间流出，真是一部沉重的乐章。我由此感到一点鲁迅的遗绪，在对小人物的表现上，鲁镇的风味也是有的。只是到了他那里少了鲁迅的惨烈，多了温情的东西而已。

四十年代的民风颇可玩味，然而留下的图片有限。要不是海婴先生用镜头语言记录那些片断，我们可能对彼时的风貌遗漏些什么。一部分读书人的形影，朴实而有趣，还略见古风。而青年人与街市孩童的神态，没有被什么污染过，就那么清纯地闪动着。1948 年，民主人士从香港北上，准备新中国成立的政协工作。众人从海上行至大连，又去沈阳，郭沫若、沈钧儒、侯外庐、李富春的形影，被他一一记录。那艘船上没有记者，海婴记录了诸多迷人的片段。现代史研究者看到这些颇为惊奇，视为珍品是无疑的。那些民主人士的许多文字我都读过，对他们的日常化的片影知之甚少。周海婴似乎对那些人的宏大文章没有兴趣，他注意的是知识群落的一角，有的人在他的镜头里竟活了起来。

那时他还是不到二十岁的青年，身边却常常聚集着沉重感的文人。这形成了很大的反差。用天真的眼光看世界，自然与父辈们拉开了距离。许多年来，他接触的大量作家、学者，偶然也出席他们的会议。他不太喜欢参加那些讨论，仿佛是局外客，学会看人，近看、旁看、远看。并在一个角落默默寻找什么。在他的影集里我看到了许多熟悉的老人：茅盾、巴金、萧军、季羡林、曹靖华、李何林……这些照片都很传神，有的简直是艺术摄影，光圈、角度、色调，都挺讲究。几代人对鲁迅的叙述不同，那些老人都想些什么，他未必能从理论的角度视之。可是他们的神采却被定格在历史的深处。有一张照片《胡风家属》，苍凉的画面里流出的是热流，梅志的神态辐射着太多的隐含。他或许从老人的目光里看到父辈的形影，鲁迅之后的文化之影就在此延伸着。这一切都和他自己的生命有关。他知道，不仅自己被鲁迅的影子所笼罩，他身边地许多人也置身于鲁迅的寓言里。

周海婴有自己的事业，但因为是鲁迅之子，人们对其精神活动便知之甚少。他一直试图走出自己的路，不希望被父辈的光环照射。这些老照片，似乎已证明了这些。但在我眼里，如此众多的作品，记载着鲁迅的身后史。新文化传统的变迁，也融进了他的光和热。在有形与无形之间，鲁迅的目光无所不在。这是一个幸事还是宿命呢，他并未去谈。而对读者来说，他在沿着父亲的影子，继续着无数个故事。每一代人面临的话题均有不同，但相近的体验是有的。这同与不同，便构成了一种谱系，我们读起来，别有一番意味的。

古　风

　　认识纪清远是因为他的画，一幅关于老舍的作品，老树下的老舍很美丽，全是暖意的光泽。后来还读到一幅关于《四库全书》编撰的群贤图，酣畅大气，知道其心都在历史的隧道里。印象里他不是那种陷在小桥流水里的人，儒家的社会关怀心境似乎很浓，所以不是山林画家，也许颇喜欢融入到社会思想的激流里吧？后来才知道他是纪晓岚的后人，便想起晋阳饭庄的故事，《阅微草堂笔记》的缕缕古风，名人的后代，在精神血脉里流着思想光泽的，是否是一种遗传不得而知。引起我的联想那倒是的确的。

　　今年春天的时候，去美术馆参观过他的画展，看到了他的代表作。这才对他有了系统的了解。我对他的人物画有些兴趣，因为都有些想法，蕴含着自己独有的体味。他是个关照历史的艺术家，没有在士大夫的小情调里盘旋，对风花雪月的态度是现代式的。而历史里影响我们思想的人与事，他是研究的。于是在题材上不限于一两种意象，在宏大与细小间往复流盼。又没有教条的框子，都是暖意的意象。比如他画鲁迅，就没有金刚怒目的一面，温和的东西隐含在里面。好像他性格里的因素也流到其间。那幅关于宋庆龄的作品，流溢着温润的气息，是从心底流出的礼赞。画这些历史人物，他有着神圣的一面，这一点和读书人的庄重感很相似，我也由此想起其先祖纪晓岚的笔下的人与事，未尝不是一种审美的继续。可是他似乎被历史牵着走，灵动的一面就少了。这是清远先生的庄严气。

但也有静物的作品，就摆脱了此类思维模式。他关于古人乡间野店的描述，就有孤独的形影在里，栩栩如生，笔墨里不乏忧戚的余韵，隐隐地在此流出，看出了他的内心沉寂的一面。在那些旧山水的记忆里，他不时有无端的忧伤，神采里是静谧的沉思。这些作品在什么地方有晚清绘画的惆怅，我们是久久难忘的。这是他的飘逸气。

国画是中国式的思维。现在还在老路上走着。艺术的现代性，大家喊了许久。可是国画怎样现代性地表达，我不太知道。看到林风眠、吴冠中的作品好似知道了一点。可是那样的境界不是人人都能做到。纪清远显然不是前卫性的画家。他恪守着旧路，以朴素的心面对世界。所以也有诸多令人感动的画面在。我和他年龄差不多，受的教育也相似。他是蒋兆和的学生，人物画的功底深，蒋氏的史诗风格影响了他也是可能的。蒋兆和的作品常常在忧患里表达自己，国家与民众、社会情怀与自我个性都结合在一起。纪清远的笔触偶能流出此风，这是他的大气。

他的夫人也是有趣的画家，与他的风格不同。那是细笔的人物与山水，娟秀的一面楚楚动人。如果说纪清远是史的笔法，有高古的一面，那么其夫人则是宋词的流风无疑了。那些对四川乡间女子的美丽的打量，清丽而委婉，似山涧流水沁人内心。他们的一动一静，一苍劲一绵软，恰是一曲合唱，唱出思想的多极来。这是他们的阴阳之气。

画坛如文坛，没有一个核心的流向，这是艺术自觉的时代，义人们各自走着自己的路。我曾去过八大山人纪念馆，看过八大的真迹，欣喜不已。曾叹那样的妙笔不多见了。今人范曾等略有奇气，得古人的要义而另起新路。国画的发展，是回到明清还是走到民国，或从洋人那里得到点什么，不得而知。我读到纪清远夫妇的画，看见彼此差异如此之大，也就相信艺术的空间的确比我们预想的要大。旧艺术形式如何翻出现代的语言，更自由地被使用着，他在实践着，看其画，觉得历史的确没有被割断，那倒是真的。

谈长篇小说

　　自茅盾的《子夜》问世后，中国文坛评论作家的标准有了变化。如果没有长篇小说的写作，几乎与大作家的名字无缘。前几年有人写文章讥讽鲁迅，一个论点是未有长篇的巨著，言外不过二流作家而已。五十年代以后，也许受了苏联的影响，长篇小说多了起来，许多作家将精力投入到了这个领域。自然，也诞生了像《创业史》《红岩》等有影响的作品。八十年代以后，长篇创作进入了繁荣期，直到现在，其势不衰。每年有七百部左右的新作问世，畅销书亦常常涌出。王蒙、张炜、贾平凹、陈忠实、莫言、宗璞、余华、李锐、张洁、铁凝、阎连科、刘震云、刘恒、刘庆邦、毕淑敏等一大批人，贡献了他们的文字。鲁迅文学奖已有几届了，几乎没有什么反响，唯有茅盾文学奖，依然被各界所关注。长篇小说的分量，在文学大奖中也可看出来的。

　　写长篇的人，先前大多有一个梦想，就是做一个时代的记录员。要有史诗的气魄。从《红旗谱》《创业史》到《白鹿原》《张居正》，有着相近的气脉。到了九十年代后，情况发生了变化，个性化的写作增多，小说出现了像《活着》《日光流年》《解密》那样反宏大叙事的文本。叶广芩的《采桑子》是中篇的连缀，却有高贵的气韵，那里写出了旧王朝的余绪和人间的哀歌，古诗词的格调深隐其间。李洱的《花腔》有叙述学的文本意义，历史的投影被分析成多致的光泽，旧小说的理念被替换了。张洁的《无字》行云流水，是一曲悲壮之歌，那里淌着女性的心史，非传统的理论可以解析的。宗璞的《东藏记》以优雅沉郁诱世，红柯《西去的骑手》记载了强悍之美。孙惠芬的《歇马小庄》是一个寓言，而成一的《白银谷》仿佛神秘的传奇，不断撞击读者的心。莫言在他的《檀香刑》里一路狂欢地走来，用意在写一道历史的暗影，他的天赋将小说复调化了。上述的作品显示了个性化的特征，长篇小说也如中短篇作品一样，不再满足于一般的叙述，而成了精神拷问的试验室，有一些很带形式主义特点的文本，甚至与读者的习惯颇相反对了。

曹雪芹的《红楼梦》乃十年心血的结晶，是有着深久的打磨的。小说在他那里是一生的精魂所构，绝无轻佻的游戏之笔。但这样的写作对今天的作家可谓苦役，那种"披阅十载，增删五次，纂成目录"的劳作，今人已大多不屑为之了。有批评家已指出，今天长篇小说的写作，大多受到了市场行为的影响，匆匆地写，匆匆地出，成了流水作业。这个看法不无道理，好似也成了一种潮流。当代的长篇，大多留下了一些遗憾，即便是上述提到的作品，在许多方面，也不无漏洞。有的优劣互现，几乎不能让人再次阅读。在繁荣的背后，一些读者已感到了其间的隐忧。

其一是思维的粗糙。邱华栋的《花儿花》写都市青年的婚恋，有触目惊心之处。但构思过于简单，沉不下去，反显得轻飘了。周大新《21大厦》的意图颇为感人，要写出京都社会的全景，可惜对都市的熟悉不及乡村，全书的印象只能止于社会的表层。朱秀海《音乐会》惊人之处多多，作者过于用力，倒少了几分从容。李锐《银城故事》是要写出历史的景观原色的，不知怎么，不像是从血管中流出的，缺乏鲜活与灵动，大概是受到了先验理念的暗示吧？上述作者都曾写过不错的作品，有的在文学观上还很有创见。但对长篇写作的把握还失之简单，有时还不及他们的短文那么耐读。粗糙化与观念化把艺术的时空缩小了。

另一个现象是语言的乏趣。我们读钱锺书、老舍的长篇时，有语言的快慰，那里散出人与社会景观的深的信息。超常的智性制造了精神的迷宫，能将阅读者的心久久浸于其间，承受着诸多洗浴，甚至蒸腾着生命的哲思。当代小说家好似无视于如此。讲故事的技巧多了，言词的质感却在消失。某些精英小说不是本土气的转换，文字是从翻译小说那里来的。像余华这类的作家，作品颇为感人，情节与思想都有张力，唯语言过于翻译体化，本土的因素受到稀释，反而缺少耐久性了。铁凝在中短篇小说里给过人以惊喜，但那一本长篇《大浴女》在文字上就少了厚度，好像匆忙为之，是不是市场的因素起了作用？海岩是讲故事的高手，其精神多朗健之处，在苦难前的那种从容让人心动，他不太注重语言的提炼，叙述过于直白，读后不禁为之一叹：倘若有一点书卷气和野史的冲荡之气，作品的耐读性将更会丰富。还有几位网络小说的高手，成书后颇为畅销。我看其中几位的语言，表面漂亮，却经不起推敲，汉语的魅力被减化了。当代小说家是不是有了这样一种倾向：写作不过一种游戏，一切都从零开始，语言不过任意摆布的玩偶，此外不太重要了。如果这是思想上的变革，不妨还为之一振，你若细读那些厚厚的书则发现，在聪慧的闪光之余，留下的不过是一片乏味的语言商品。汉语的亲切与神圣，在一些作家手里被平庸化了。

在个性与自我可以彰显于小说的时候，作家的天地较之先前开阔了。个性本来是与思想的演进有关，而今天却与相反的存在相逢着。写作也是啖饭之道。一些作家的个性开始渐渐被市场所左右。亲近于热闹，自然便远离独思，不愿冷静下来打量以往的生活。陈一夫有一本长篇叫《金融街》，及时地记录了当下的经济环境，不妨说是一种精神笔记。全书奇案重重，颇可一读，而文学性却弱，连一点沉静下来的冷观也少，我担心这样的写作会失之苍白，不过文化的快餐。国内许多出版社推出的新书，有的还远远不及《金融街》那么有现实感，情调变得低俗了。还有一类长篇在快速地反映着生活，也努力呈现自己的道德良知。问题是陷入了道德说教，百姓也就不亲近他们了。艺术水准与思想预设要平衡起来，也真不容易。

好的小说是有畅销的可能的，但畅销一时的未必就有精神的魅力。一部分作者在为畅销而写作，结果却败坏了胃口，食之无味。倒是一些反畅销与反流行的小说，受到喜欢。阿来的《尘埃落定》就回肠荡气，有清新的气象。张洁的《无字》是心史的袒露，阅之有深的哀凉。宗璞在《南渡记》里写了知识群落的悲欣，东方哲学的气韵潜入其间，学识与诗境，良知与心性是涌在文体里的。刘震云的《故乡面和花朵》写了人间的冷暖，有诸多的余音，震动着国人的心，鲁迅的某些悲怆也糅在其间，意绪是多致的。潘婧的那一本《抒情年华》一唱三叹，是诗与音乐的版本，还原了一个悠远的精神景观。不过上述小说也表现了自身的盲点，每每有不如意的地方。宗璞的儒雅过多，反而让文本沉闷起来。张洁缺少节制，乃至《无字》的结尾过于冗长。刘震云似乎让思想淹没在晦涩里，非畅达的写作阻碍了读者进入他心灵的步伐。潘婧过于沉浸在诗情之中，未能跳出旧我，小说的丰满性受到了破坏。我读上述诸人的新作，敬佩之余，又像缺少了什么。犹如宴会里油腻过多，未见青菜的爽气，反而厌食了。当代长篇小说给人的复杂感受，或许是文化状况的一种反射。认识文人的心史，在诸多文本里，多少可看出些什么的。

如果要成就一个作家，那么去写长篇吧。许多人都如此认识。我的看法却是，要想了解一个作者的弱点，也去读他的长篇吧。诗与短篇或可藏拙，而长篇之作却真伪毕现。风催泥则沙土露，雨涤山而石愈坚。自饰是无用的。有几个作家令人敬重。比如汪曾祺只写短篇，有的作品几近化境，比那些巨著裹身的人深切得多。林斤澜只在小小说与小品文中转转，可谁说他没有分量呢？博尔赫斯、鲁迅、巴别尔都在短篇小说里展示了智慧，并不贪图厚厚的巨著。但他们却像太阳一样，照耀着人们。这样的对比或许苛刻，但我至今仍觉得，文学的体裁无高下之分，用刀的与用枪的各有所长。自然，中国总会有更好的长篇问世，今人的尝试如果确能警示后人，那么教训之于我们，总还不能说没有益处。

谈诗之路

近人喜谈艺者，多嗜品诗。陈散原、黄晦闻、俞平伯、顾随、钱锺书都是这样的人。品诗类于烟瘾者，一旦深染，不易拔出，且妙文自诩，其乐自然是多的。曾读湘潭王湘绮的谈论陈散原的文章，很是有趣。因为自己是爱诗者，品评诗人，就有奇异的地方，偶有不同，亦敢放言，语惊四座是常有的事情。这样的人品诗，也像作诗，文章颇为好读。后来的顾随、启功也是这样。读诗者不妨也可说是作诗的准备，其间乐趣，别人只可识之，而难以得之。谈诗比写诗，有时也并不容易。

钱锺书的《谈艺录》真是才华横溢，在与古人对视时，幽然之笔不乏智者的光泽。不仅是解析诗趣，还多有史料和中外美学的对比，其思如洋洋江水，浩浩乎天地之间。比较俞平伯的诗歌研究，俞氏就不免老实、拘禁，士大夫的东西多了吧。倒是像顾随这样的人，很有气象，那是才子的品诗，奇思异想里，有哲人的东西在。这都是民国学术的奇葩。我的眼里，他们的才华，都不逊于王观堂先生。《人间词话》的境界，是被他们这样的人放大了的。

谈诗在今天是奢侈的事，钟于此道的人还是有限的。据说现在写旧体诗的人很多，我看的太少，不敢妄谈。不过研究旧式词的也有一些，印象深的总能找出几位。比如扬之水善谈旧诗，有多本书行世。日前看她的《采蓝集》《诗经别裁》《诗经名物新证》，很感兴趣。比时下的一些高头讲章要好玩好看得多。张中行曾写过关于扬之水的文章，对其才华颇为认可，评价是高的。扬之水的艺术感觉很好，又在考古学上下过工夫，治学的思路是有奇思的。所以看到她的书，觉得和大学的教师写法不同，与一般治学的专家也有区别。像似闲散的文人的走笔，所写的书和读者的距离更近一些。

我一直不敢谈论旧诗，因为材料知道得太少，多是望文生义，不求甚解的时候多些。读过钱牧斋的杜诗解析之文，叹服其学问之深，可是陈独秀对钱氏治学态度的批评，竟让我梦醒，似乎觉出士大夫者流的趣味，不是没有问题的。"五四"之后，研究旧诗的文章很多，观念大抵是改变了。以史学与美学、社会学、语言学等学科为之，就多了前人少有的思考。钱锺书、郭沫若等人的观念，就和他们的父辈不太一样。那是有了现代人的眼光的缘故吧。

到了扬之水这代人，思维又多了新的东西。比如她对出土文物的重视，以此解释诗经里的名物，就比古人多了史学的眼光。作者写古人的审美思想，一靠自己的鲜活的感觉，二用可证实的文献为之，显然就没有老朽的气脉，眼光是今人的。她的文字很温和柔婉，又不泛滥哲思，有时点到为止，鲜见漫溢。她谈周邦彦的词，篇幅都不大，论证时本原始资料，没有外在的理论之影，全凭了心的体味。解析诗词的人喜洋洋万言，极尽发挥之。扬之水则处处节制，如《红楼梦》中言，短促而含蓄，不把内情讲尽。《诗经别裁》的写作也是这样，对古风的论述恰到好处，兴致正浓时，戛然收笔，暗语已然没入无声之中。读者也只好自己沿着其路慢慢去体味了。

马一浮生前曾说："言乎其感，有史有玄。得失之迹为史，感之所由兴也。情性之本为玄，感之所由正也。"徐梵澄在《蓬屋说诗》里，赞叹其语为诗学一家之说，殊多妙处。研究诗词，也不能不多注意一玄一史，扬之水于此是多有留意的。她讨论《诗经》，在保持诗性的敏感外，不忘历史的凝视，总要把说不清的旧物说清，这就要花费大的气力。也由于此，我猜想她不喜欢空幻的学理，愿意从历史的深处打捞旧迹，靠推理、证据和体悟说话。但作者写诗的审美感受，则幽思回环，气韵跌宕。这样的时候，她的笔触很得观堂、废名的要义，可当美文来读。她的文章在什么地方让我想起谷林、止庵，都不温不火，在节制里直抵内心。玄与史是不能偏废的，做到两者的契合无间也真的大难。

考古学曾被看成过于拘谨的学科。看一些考古报告便知道是一丝不苟的劳作，并无诗意。但它们还原了历史的断章，给我们的惊异是自然的了。我读《诗经名物新证》，就感到考古资料与诗学研究的融合，是可以相得益彰的。作者谈古代的车、马、旗、酒、鼓、玉，既有旧文人的儒雅，又带今人的科学思维。游走在古文物与诗的灵光里，也有如此自然无累的洒脱，那是超俗者方能为之的存在。想一想郭沫若、陈梦家都是诗人，在考古上亦有奇思，便不觉得考古与诗学是对立的存在。扬之水本来是散文家，可是探赜索隐所散发的情趣亦不亚于诗情，喜欢从大量出土文献里找理解文学的根据。她对鸟兽虫鱼、建筑、祭祀、音乐、射礼、器皿、天象都有严明的认识，而有时又能跳出物质层面的观照，沿着古人的诗兴跳跃着。沈从文当年在服饰史的研究上大放光彩，可能与他的诗人之心与科学实证的理念有关。一方面注重美的内蕴，一方面又从实物的考据里引发情思，都是了不得的劳作。这个传统在今天被人关注，对《诗经》研究及旧文学的研究的启发都不言而喻。

在诸多谈诗的人中，废名是我佩服的一位。他的文章玄乎于有无之间，是没有道学的痕迹的。读诗是气质的问题，而并非都是认识的问题。废名讲《诗经》，从源头找根据，靠自我的当下感来说话，在品诗的行家里显得很特别。他文笔清瘦古奥，禅林之风慢卷，和古人对话，不像隔膜的外人，仿佛朋友在交谈，真是洒脱自由。古人的诗，大凡被今人阅读者，多有其传世的价值。废名好像对此颇有研究，就读诗的眼光来说，他把远古的东西自我化了，现代化了。我读他的诗论，觉得完全看不到朱熹的那种东西。他的思想背后有西方诗学的因素，洋人诗作的好处知道得多。也由于此，他能看出古人诗歌的优劣。谈论起来就洋洋洒洒。他在分析《关雎》时说，是西洋的艺术暗示给自己许多有趣的东西，知道悲剧与喜剧的意义，那是没有才子佳人的东西的。由西学再回到民族艺术，在他那里是个精神的回旋的过程。近代以来凡是在诗学上有造诣者，西学都不错。王国维不用说了，闻一多、朱自清在解析古诗时，都有不凡的谈吐。废名的作品好，看似是禅林的东西，其实有雨果、波德莱尔的诗情。这是隐含在背后的工夫，不经意难以察觉。您会觉得，谈论《诗经》与杜诗的废名，原本自己也是深味东西方艺术的诗人呀。

天底下读诗的人，总不是一样的，各种眼光下的诗人有各种见识与思想。废名之后，好的诗学专家，在工夫上都有优长。这些都是读者的运气。前些年在读叶嘉莹的诗论时，感慨于她的细腻和绵软之美，其中的见识直追顾随。叶先生的文字是生命力的喷吐，我们读了很易感染。而扬之水的诗论则使我们静下来，再激动的情景也能被其沉稳静谧的心所同化。她的书适宜夜深后的独处时的默读，可以随之听到历史足音的跳动。与废名比是要老实平和的，比叶嘉莹要宁静温润得多。这时候我就想：读诗其实也是读自己。内心的色彩会被历史余光焕发出来。有人被灵动的东西所吸引，有人则是沉到时光的深处。在历史的线条里，我们各自的姿态是大不相同的。

三界内外

　　我第一次读史铁生的《我与地坛》，久久不能平静。是什么打动了自己呢？想一想是那个神秘体验的苍凉吧？那时候的作家，不太注意俗界之外的形而上的问题，史铁生把此岸与彼岸的难题描摹了出来，而且根底还在此岸的焦虑，那么真的烤灼着读者。我那时候便想起鲁迅的《野草》，也是人间地狱的往还，其追问与自我拷问，惨烈里不乏精神的热流。人一旦进入生死之问，撇开俗谛，便有可能和神思相逢，文学动人的地方，有时大概在这类的寂寞里。

　　有一次偶在《十月》上读到彭程兄的《燕园的半日》，心仿佛被蜇了一下。没有想到这位平日微笑平和的朋友，内在的情思如此幽婉、悲凉。此前读过他一些作品，印象是很有文采，文字里包容着许多东西。《燕园半日》对人生的打量是越过了世俗之网，进入神秘之维的那一类。作者写己身的苦楚，平静而隐曲。史铁生的焦虑是非常态的独语。而彭程的世界是常态里的无事的悲剧，人在无物之阵中被无形之神囚禁的幽怨，以及对脱俗的渴念。那一刻我被打动了。他写的那类心情，我自己也有，只是没有那么强烈而已。而且也难以进入文字之中。于是想起一位老外的话，意思是，随笔乃内心隐秘的一种。我想是这样的。

直到近来收到他新出版的散文集《急管繁弦》，我才对他的写作有了一次完整的了解。彭程的作品细腻、真实，读书人的才气是一看就知的。不过他没有一般读书人的自恋，对自己的嘲讽和命运无奈的感叹，时常流露在文中。他袒露自己时的大胆与幻灭的悲哀，把读者的距离拉近了。彭程所写的那一些，我大多熟悉，但没有细致的心，写不出来这些。作者从未沉浸在日常的诗意的享受里，他的清醒使其在最惬意的片刻也有疑问的语气，似乎染有罗素的怀疑意识，总能把自己对象化地加以审视，乃至嘲笑。可是这种嘲笑又不是王小波式的狂欢，他没有黑色幽默的飞动，而是古典的书写。在诸多的文本里，彭程像传统又非传统，在小心翼翼的地方反而生出大胆来。

彭程的阅读广泛，他欣赏的人物在我看来和他的性格反差很大，可是在逆俗这一点上，多少是相通的。比如对张中行、林贤治的读解，呼应的地方很多。对加缪、彭塞尔、纪德、普鲁斯特的描述，都是自己的切肤的体味，能够感到他的兴趣之广。彭程写文章乃是对内心潜能的开掘，他的生命感的描述，是直面宿命的咏叹。在他那里，永恒的、无限的存在多是幻象，消失才是真的。人不过是一个匆匆而过的行走者，终究会消失在岁月的苍茫里。

在《急管繁弦》里，流失的时间感极为强烈。生命的诞生与陨落，都在时光的河床里起落。他写自己的父母，写熟悉的同事，写周围的景观，永远都是汩汩流淌的感觉。一切都是过程，在进行的路上，有什么可留恋的呢？但人偏偏在留恋自己的过往，那些青春的面容，那些无辜而早逝的人们，还有自己的亲朋。世俗的一切功名，如幻影般被他的笔触击落。他在一篇文章里写道：

从过程里体味天道沧桑，看那曾经是常态的、弥漫性的存在的往昔情调怎样日渐式微，成为追忆凭吊的对象，成为一种美学的遗存。对于观看者，只要不是过于愚钝，在某些时刻，他的思维必然会不由自主地在时间的两种纬度间驰骋往返，从而体味生活在别处的感受——时间因为阻隔而具有了空间的意味。

"生活在别处"，是作者对今人存在的一种玄思。他在变动的季节与不变的秩序里，看到虚妄与实在，梦境与此岸。读着这些话的时候，我感到了作者对三界内外的物与灵的宿命的关照。他感叹人生多在琐碎的碎片里，日常的毫无诗意的虚度才是真的生活。在《快乐墓园》里他一反常态地写微笑地面对死亡的洒脱，对罗马尼亚的奇遇，深化了他对死的认识。人注定被囚禁在什么地方，可是我们又不能不在琐碎里生活。彭程写作的时候，有很强的思辨理性的痕迹，虽然这种思辨是参之以形象可感的画面。太阳底下无新事固然不错，可是倘若我们的笔触下对熟悉的陌生人的审视，却有自己新的体味，周围粗糙的生活也因此有了色调的。我们所能反抗于宿命的也许只能是这样的冥想。

人在对冥冥之中的那个存在进行猜想的时候，如果有着诗意的焦虑那就易攀缘到形而上的高地。我记得最初读克尔凯郭尔的作品时，就有类似的感觉。先前士大夫的文化不太容易从凡俗进入玄想，好像我们先天没有飞翔的能力。读到彭程《遥望故乡塔》，就想起玄学的美。我的故乡也有他的家乡同样的塔，少年时的经历也是相似的，几次想写，都没有思路。这原因是对远古的陌生和己身的迟钝。彭程的敏感不都是人际间的琐事，而是阴阳两界的明暗。他对神圣的与神秘的以及庸常的存在的打量，是在形而上与形而下内外转动的。《燕园半日》

有句话说得好："然而，对于此时此地的陷溺者，超脱却是困难的。只有'跳出三界外'，才可能'不在五行中'，而我们却不得不在场"。在漫想与反诘里，他往返回环，不乏哲思的喷涌。我猜想写这样的文章时，他不是一挥而就的，而是精心的打磨。写作是对极限的穿越，他试图进入那个不知的世界，虽然身在此岸，而心是飘动的。明知道自己在场，却要向极限挑战，这需要的则是大的勇气。

在最终的意义上，我们不能越过知性的那道墙，每一个人是多么的渺小。可是我们有着渴望，而且心存梦想。古人这样过，今人亦非不如此。当我们知道大家还在困苦的俗界不能分身时，向着那个神秘的大限瞭望，总有收益的吧。不是顺着人生无奈的走，而是常常返身一望，逆着路跨几步，虽然微小，却有眼前一亮的感觉。这也好，生之趣味，有时也在这小反抗里的。

2009 年 5 月 12 日

母语问题

文章的题目是与吴清辉先生交谈时引起的。吴先生是化学家，浸会大学的校长。他说现在香港的大学，要多引进一点人文的东西，要建立民族文化的主体意识。这个看法，台湾的作家陈映真先生也有，提出它来，显然带有一丝的忧虑。我听了也很是感慨。几年之前在东京的时候，日本的学人也强调过此点，意思是在全球化中要保留一点个性。个性从哪里来呢？传统之中还是域外的文明？这个话不太好讲，搞不好会陷入悖论之中。夜间一个人待在校园的宿舍，想起吴先生的话，不由得兴奋起来，遂有了以下几个思路：

在殖民地的香港，面临的是母语的恢复与创新的问题。前些年香港的青年大多不太会说普通话，汉语的写作平平。一个华人，精通外语是好的，但倘能深谙母语的机能，得古人之精华，我想那思维当会很有力度吧？香港与台湾的一些知识分子，在洋人的文化包围中，常生出一种乡愁。我看一些作家与学者的文章，隐隐地有一点故园文明的恋情，那恋性并非国粹派的迂钝，常常也带着对旧迹超越的渴望。

这就很好，我每每读到类似的语调，就有种深深的感动。因为那视野与思维方式与一般的读书人有别的。

话题回到大陆，情形是另一个样子。一方面古汉语的基础被破坏了，晚清文人的风骨渐渐消失，连"五四"那代人的劲健之姿也很少见到，所以向那几代人学习显得颇为重要。另一方面，外面的世界所知甚少，思维被什么遮拦着。我在香港的大学校园和书店里，能感受到四通八达的信息，人们自由神游于思想的天地，精神是朗然的。看到这些，我便想：大陆的学生，有时因功利主义，比如升学、择业，忘记了心性的游戏与自然的表达，文章日趋八股。细细想来，是太大的损失。功利主义的学习目的，也是一种殖民地意识，它对母语的破坏，同样是巨大的。其实我们现在。不正在吃这种苦果么？

鲁迅那一代人，早就意识到了此点，既得古文的妙处，又多洋文的修养。日本的夏目漱石，好像也是这样。他先前崇尚英国文明，后来转而立足于日本语言，于是也创造了新的文学样式。陈映真先生很是关注此点，所以在一次讲演中，他这样说道：

"中华世界的华文人口占全球人口四分之一。在这庞大的华文文化世界中，让我们建设一个开放性的，敏于吸收，丰富和发展的世界华文文学的公共领域，互相交流，互相奖励，激发创造实践，而不是终日坐待欧美学园，文坛的评价与青睐，丧失自己的主体意识。我们要努力以中华世界的华文读者为首要对象，创造杰出的作品，受到华文世界的广泛评价和爱读，则在世界文学中也必有不朽的地位。托尔斯泰、高尔基和契诃夫都不是用英语写他们的小说，而是用他们的母语——俄罗斯语写成的，却依然至今光耀全球。"

类似的话，前人也有说过的。但最普通的道理，其实是最易被漠视。熟悉的是难了解的，现在这样的问题，到了不能不正视和解决的时候。我从吴清辉和陈映真的感叹里，体味到了切迫的问题。

我在一篇文章里曾说，一个民族的语言被伤害了，那它的文明也随之受到伤害。有人曾说要救救文明，救救教育，都是不错的。但我还想再加上一句，救救我们的语言。不信你看报纸上的文章，千人一面者何其之多。表达成为问题的时候，那就是今天问题中的最重要的问题。当你不能独立思考的时候，主体的意识何在？

文事与画事

汪曾祺一生喜欢绘画，却没有亲自为自己的书设计封面，是有点遗憾的。他可能是当代作家中，对笔墨最有感觉的人，可惜他很少画人物画，不像张爱玲的才气那样大。我看见过张爱玲的人物画，大概是自己作品的插图，调子和其文字颇为相似。画和文字同声同态，乃是天然之气。记得在日本看过夏目漱石的自画像，冷冷地自嘲着，和他的小说颇为一致。于是想，作家有绘画天赋的很多，所追求的是相似的东西。作家与绘画的关系，真的可以思之再思的。

文学和美术最直接的关系，大概是封面与插图了。新文学诞生不久，新美术的理念也在报刊上出现了。这种风气的特点是，文章背后配上插图，读起来很有意味，可说是增色的事情。此前的旧报刊，虽然偶可见到一些配图，境界还都是士大夫气息者多，别无新意。但新文学的阵地上，西洋的木刻和漫画增多，给文坛吹来的是暖意的风。《创造周报》的插图，都有点骇世惊俗的样子，裸体画的背后是孤苦的美，道学者以为是妖道的东西，不太喜欢的。郭沫若 1921 年出版的

《女神》，配有很美的女神之像，温和的面影还是颇为感人的。他所译歌德的作品时，就有十余幅插图，都很有西洋的古风，连同着那些清词丽句，韵致很是吻合。译文里有洋人的美术作品，是相得益彰，殊含精意。

在很长的时间里，译文的插图好于本土作品的插图，译文的封面也好于中国作家作品的封面。比如田汉译的王尔德的《莎乐美》，就有比亚兹莱的木刻，在审美上似乎如同一辙。比亚兹莱的美术作品有妖艳的美，鬼气和凄艳的东西缭绕不已。这恰好和颓废的与唯美的思潮同声出气，散出的是幽秘的玄思。周作人在《语丝》所刊的日本《狂言》也配有日式的附图，其画面古雅朴素，有能乐的神异与迥远。和东洋的哲学是叠合在一起的。日本画的神道写着他们灵魂里的真，不了解此点会有些问题。周作人对此深有体会。鲁迅在编《莽原》时，介绍过勃洛克的诗作，还配有作者的头像和漫画，形象逼真，传神的地方很多。作者的忧郁与神学的背景，都透露出来，有悠远的余音回旋。在鲁迅看来，插图的重要不亚于作品，倘能互补意蕴，那是功德无量的事情。他后来对《死魂灵百图》的推荐，对《静静的顿河》的插画的介绍，都有此种态度在。而且他觉得，中国作家的作品，也该有这样的好的艺术品相配才是。

但国人自己的作品配什么木刻与漫画，则长期在摸索中，直到二十年代，好的作品才多了起来。鲁迅是幸运的，他遇到了陶元庆这样灵气的画家，其配图与封面设计都含有奇异的美。《彷徨》封面的写意和《苦闷的象征》封面的忧戚，和作品的精神是靠近的。陶元庆的感觉良好，现代主义与乡土艺术的魂魄都交织其间。他对鲁迅内心世界有着非凡的理解力，知道从俗笔里找不到鲁迅文本的隐秘的对应体。于是抽象地隐喻，变形地夸张，又不失神采。在现代史上是少有的天才。只是过世太早，惜乎才华未得伸展，殊为可惜。后来丰子恺、丁聪等都有好的作品，为小说和散文所配的美术品都很漂亮。作家中能写能画的人很多。丰子恺不说了。苏曼殊、闻一多、叶灵凤、艾青都是诗画俱能的人。而画家中的文字好的也很多。陈师曾、齐白石、徐悲鸿、吴冠中、木心、陈丹青都是深谙艺术之道的。他们知道文字之美与色彩之美其实是人之美，文章与像条是可以共振的存在。好的诗文应当配上好的绘画，这才有点意思。

忽记得去年和楠本兄去长沙，拜访了钟叔河先生。承蒙其送来其编辑的《儿童杂事诗笺释》，知堂的诗配丰子恺的画，颇为好玩。但一面又想起知堂生前对丰子恺的不以为然，觉得其画并不高明，对其翻译亦多讽刺。于是想，为什么把这两个人放在一起了呢？周作人生前同意这样的编排么？我们这些外人有时是看着热闹，内里的人则有另一天地。许多作家出文集，并不找画家作画，原因自然复杂。其中怕破坏了自己的诗意的空间，或许是个原因吧？

幽暗里的光

　　中国的画家，在木刻人物肖像创作上能和洋人一比的，也许是颜仲。直到辞世，一直没有多少人知晓他的名字。我从王世家和李允经先生那里只知道了他一点点简历：1930 年生于浙江富阳，1955 年中央美院毕业后到人民文学出版社工作。1960 年被逐出京门到黑龙江，此后与热闹的文坛与艺坛无缘了。

　　在哈尔滨一所中学里，颜仲度过了余生。他一生寂寞，穷困、多病，内心却海天般辽远。他读书很广，似乎有点神经质，但看人、看事极为敏感，且把一切内敛在心底。他不喜欢当下题材的东西，精神被哲人之光照耀着。那时候他潜心于中外文化人的肖像创作，那些精神强力，给荒凉的内心带来的是慰藉吧。他的木刻在刀法和韵致上都不同于别人，在气脉上有灰暗而又不安于绝望的一面。他的成名作是鲁迅像，此后沿着那条路，专心于人物画。我尤其喜欢他对域外作家的描述，似乎有心心相印的地方。深远、幽暗、玄浑，直逼人心。早年看到鲁迅编的《引玉集》，曾为之倾倒，现在，颜仲的遗著，给了我们类似的惊喜。

我曾想，在他之前的木刻肖像，都有点呆板。三十年代的人物像还在模仿阶段，没有什么气象。到了五十年代，类型化的多了，终究没有自己的东西。颜仲先生在流放之后，大约才感到艺术的路径在哪里。他用刀刻着自己的梦，也连同体内的幽怨，一齐释放在木板之间。在孤独里，他绝望的神情被一种力消解着，我从他大量的作品间感到苍凉之音，有时真的让人回肠荡气。

这一幅《陀思妥耶夫斯基》，简直是他心绪的自我化。忧郁、感伤、无奈、凄惶，那眼睛里射出的光泽，似乎从暗夜里来，背后却有星光般的流水。在没有太阳的地方，以痉挛的、无序的、破败的精神之光，照着惨淡的世间。自然，你在这里也能嗅出鲁迅所说的那种拷问，陀思妥耶夫斯基以自己残酷的目光，审视出世间的种种怪想，以及无边的怅惘。颜仲在用自己的刀在木板上行运的时候，一定是带有紧张和悲壮之感吧。他在对象世界里，是不是也看到了自我？抑或别的什么？我在他的遗作前，似乎听到他内心汨汨流淌的声音。这些，我们除了在鲁迅作品可以找到外，在当下读书人的文字里，几乎无法谛听到的。

如此好地运用黑白间的反差来表达对象，在他是个奇迹。不是简单地模仿俄国人的笔触，而是用灵魂间的对白，在超时空的凝视里打捞爱欲与哲思，这是只有经历过炼狱之苦的人才有的。现在看到一些雅士的作品，无病而呻的样子，就想到颜仲的命运。艺坛向来是名利场，而真的艺术家，和它们是没有关系的。

去年，王世家先生到我这儿来，送来他编的颜仲的遗著，读后爱不释手。于是长叹：真的艺术家，也许都是这样的寂寞吧。王先生说，没有谁认识到他的价值，连他的亲人也是这样。生前的寂寞和无望，一直缠绕着他的世界，也许正是这类心境，才诞生了如此多的佳作。坦率说，我们中国艺术有分量的部分，有时正在这个群落里。现在那些招摇过市的所谓艺术大家，倘将其墨迹与此对应，将看出彼此的高下是无疑的。

我过去看中国的藏书票和木刻肖像，一直觉得远逊于洋人，以为表层的东西多。人物画曾经是宣传画的代名词，又曾是某一观念的载体。颜仲不属于这个世界。他的身上带着尼采式的激流，又有陀思妥耶夫斯基的幽玄之调。个人的生长史与人类的苦运，外化在他的世界里。他找到了自己，借用别人的世界，体现了自己的生命。由颜仲先生的遗作，我看到了中国木刻的远景。谁说我们没有比亚兹莱、麦穗莱勒式的人物呢？

2008 年 12 月 5 日

复州拾遗

一

我一直不太敢写忆旧的文章，原因是怕回到恐怖的情境里。这证明我成不了一个作家。父亲去世后，我忽的有一种空漠感，觉得自己生命的一部分消失了。而要找到它时，不得不回到黑暗里。因为父亲给我带来的永远都是忧愁的东西。

我至今不知道自己应该属于哪里的人。我的父亲生在内蒙古，他很小离家出走，不再回去。据说祖辈是清末从山东逃荒过来的，但在山东的什么地方，现在也不清楚了。我本来出生在大连，在四岁时，又随劳改的父亲去了复州古镇。其时父亲在大河农场做劳役，母亲在古镇旁的一所农校任教，在当地人看来，我们算是外乡人，似乎一直未能融到镇子里去。所以现在说哪里是自己的故乡，我一直茫然得很。

复州城是我待过较长的地方。我们家迁徙于此，是遭了大难的结果，父母都不是本地人，他们大学毕业后，一直厄运连连，只能被逐出城市。复州镇是辽宁复县的旧县城，至少在辽金时期，就已是辽南重镇了，那时候与之齐名的有金州、盖州、辽阳等。大连与旅顺还都是渔村，尚不知名。《聊斋志异》写过复州这个地方，因为与山东隔海相望，想必蒲松龄是知其一二的。七十年代末，我曾到旅顺博物馆查阅《复县县志》，才知道了一点旧迹，对它的过去有了点印象。但那县志内民国时期官员所为，八股气过浓，阅之闷损，很让我失望。它的模糊不清的历史，变得更为迷离了。

我在复州生活到十八岁，对它的印象并不好。后来插队，考入大学，多次回辽南，均无心再去此地，原因无它，似乎怕引起旧事的回望，那里的痛，真的不想再去提及的。

十八岁前的复州古城还保留着明代格局，一平方公里的高墙，把城紧紧围住，东南角是座古塔，据说唐末就存在了。战国时代，这里隶属于辽东郡，西汉时已设郡县，辽神册四年设"扶州"，这是最早的记载。不久后更名复州。因为是荒蛮之地，复州在文人那里没有位置，几乎看不到对它的描述。即便是那里的老人，提起历史，也多是茫然的样子。后来，当我已人近中年去中原旅行时，且到平遥古城，看到王家大院，并不以之为奇。连北京胡同也无新鲜的感觉。我幼时生活的地方，实在与之无甚两样，中国的朝内朝外，庙堂与山林，在韵律上是一致的。

复州城的历史多含混不清，无可深及者，历代文人墨客写下的诗句，凡涉及于此者，不过陈词滥调，难见佳处。我对那里印象深者是它的民风，与中原无甚区别，边疆的苍凉之气也是没有的。上初中时，一经老师说他来自山东，是到此支边的。我大为惊异，怎么，复州也算边疆么？实际的情况也真是，这里离朝鲜近，与日本海遥遥相望。唐诗写辽水之寒，边塞之苦，正此之谓也。可是我们那时候，却没有丝毫这样的感觉。可是中华一体的观念何其之深，胡风与野气，早被中原之水荡涤了。

许多时候，记及故土的一切，总想找到旧书中的一丝记载，然而很少很少。偶在鲁迅的《中国矿产志》中读到"复州"的名字，竟那么兴奋，以煤而名世的复州，在1904年左右竟吸引过年轻鲁迅，这在我是一个惊喜。我冷静下来时，也曾诧异过这一惊喜，一向对复州没有感情的我，为什么这么注意它的存在？是俗语所说的自恋，还是别的什么，这真的一点也说不清楚了。

二

许多次我奇怪地梦见回到那所小学。1964年我入复州完小。那个古老的院落有株上千年的老槐树，人说辽金时就有了的。学校不远的地方是横山书院，说是书院，其实已被学校所占，但古色古香的样子还是有的。城里还有关帝庙与孔庙，耶稣教堂已不准入内，只有清真寺还继续着礼拜活动。老师都是新式的，和古镇里的风气大异。所学也不过"大小多少，中下来去"的东西，比后来晚三年入学的"文革"小学生略为幸运的是，那时候在课文中竟读到过《伊索寓言》中的片断，早年教育的闪光，也唯有域外的译文能略为忆及，说起来真的可怜。

据说城里有几个小文人，当年以秀才般的光彩耀世，引来一片羡慕的目光。但后来一个个遭到厄运，遂不再出现于街市，混得不成样子。但百姓有记忆，许多人能背出他们的诗文。城小，一旦有声，家家知道。况且是雅声呢？可是到我懂事的时候，这都不能算是荣光的事，无知无语无情才好。这些连小学生也感染上了。

我的同学全是本地的，大家的活跃也是我那时值得回味的往事。几乎所有的男孩都有绰号。有的是父辈的职业的嫁接，有的是形象特征。有个同学被叫作"两毛",因为其父是鞋匠,每次收两毛,故有此称;还有个叫"二馒头",乃因长辈的馒头店有名,排行第二,此名便流传开来。记得还有个同学祖辈有吸鸦片者,大家背后称为"烟土"。绰号是这个古镇的余痕,一个班组的故事,竟也是街市的风俗,说起来也有意思得很。

沈从文写自己的故土完全是诗意的闪光,可是我从来没有遇到这些醉人的风情。据说明清时期的民风上好,待到我到这里生活时,情况就不太一样了。有一次我和赵园女士谈故土的乡俗,叹道世俗力量之大。于是对沈从文的湘西不免生疑。赵园说,在民国初的中国乡下,是这样的。她回忆自己的父亲幼时在家乡的光景,真的有路不拾遗的现象。然而我却暗自的怀疑那也许是记忆的错位,动乱中的中原,哪有什么净土呢?明清两世的恶俗之风,不是在一些乡邦文献里有所记载么?

不久我便发现自己的偏颇。在多年后与小学同学聚会时,他们津津乐道地讲着城里的乐趣,我瞪大了眼睛,有这样的故事?而实际是,孩子们在最恶劣的环境里,依然能找到快乐。也许是早年一直没有这样的记忆,便误解了乡土世界吧。于是也羡慕世间也有这样世外桃源的所在。后来看到废名的《桃源》,如此美妙地写着大自然与乡俗世界,便也觉得是这样的。人在黑暗里不一定都见到光亮,那原因也许是我们内心也有黑暗之处也未可知。

三

马一浮晚年一直希望儒风再造,对章太炎、胡适以来的学风大有微词，以为是把世风弄坏了。儒家的东西不都当成历史资料来看，情感的方式才是重要的。儒家如果说还有什么魅力，大概在此吧。可是马一浮所说的儒风，真的没有看到。我幼小时得到更多的是残忍的杀戮。不久就是"文革"。学校全乱了。那时我在三年级，尚不懂事，六年级的学生成了学校造反的主力。有位高年级的造反者用烧红的铁条烙一位女教师的乳房，惨不忍睹。女教师姓姜，三十几岁，乃大家闺秀，为镇上的名人。后精神失常，久不得愈。接下来的就是死人事件。一个张姓同学的父亲，不忍红卫兵的拧打，投井自尽。而且身边熟悉的人，许多昨日还见过面，第二天就死去了。我的体育老师吴某，白天为我们讲过体操的注意事项，晚间就自杀了。记得是一个夏日，我与几个小友赶到东河，在城墙根下看到老师的遗体，颇为难过，恐怖感竟在周身蔓延着。我后来没有见过那么多的死人，犹置于巨大的囚场。年轻的一代对此难以理解，可是我那时经历的，就是这样的生活。

折磨囚犯是"红卫兵"的快感，他们发明了许多招数。那时我的父亲被关进大牢，地点在城南的木材厂。父亲住在临时搭建的木房里，许多人拥挤在一起。我每日去送三餐，要经过厂大门口。看守的学生用木棍翻着饭盒里的饭菜，凡是鱼肉的统统倒出，把饭搞得很脏。据后来一位看守过犯人的人讲，每天饭前，犯人都要喊口号，诵毛主席语录。然后彼此揭发，指挥一个人打另一个人。睡觉的地方极其狭窄，折磨得让人痛不欲生。还有的用刀割皮，一点点的，惨叫声声，而看守者却在大笑中得到欢喜。

明末的《立斋闲录》《思痛记》写过张献忠的杀人，那手法是极为残忍的。复州的学生想必未见过此书，而手法极为相似，不知道是天性使然呢，还是有人暗示。如果是前者的话，那我们的民族根性就太灰暗了，这样惊世的选择，只有原始部落的杀人可相提并论，此外法西斯者的杀戮，仅可相衬一二吧。

因为年龄尚小，城里那几年的惨剧的原因多不甚清楚。同学中的几个长兄，后因打人与杀人而被逮捕，平时清纯的面孔，怎么也不能与血色联在一起，人的内心何以如此，真的不可思议。我后来曾想，要是我稍大一点，也会那样么？心里的印记一点点滑过，只觉得不像在人间生活，那样大的内讧、杀戮，几乎人人过关，人人举手高呼口号，大家都在吃人，或被吃。鲁迅当年的预言，不幸又重演了。

四

要不是有几个画家老师在古镇里生活，我的少年一定是枯燥的。

第一个启蒙老师叫大卫，圆圆的脸，中等个子，他是母亲在师范学校教过的学生，后来与母亲在同一所学校教书。我上小学前，曾随他去听课。他课上讲的东西一点也不懂，只记得画很美，在黑板上出现着诸种美妙的画图。后来我被阻止进入课堂，大卫叔叔就在小黑板上画一个动物，让我仿照，下课后帮我修正。直到上小学，我和大卫叔叔一直保持着交往，他的神笔与微笑，在我是异样的存在。即便是外面是红红火火的"革命"，我的世界依然有着宁静的氛围。

大卫善于谈吐，模仿《列宁在十月》列宁的讲演，神态可感。他对列宾、徐悲鸿颇有兴趣，讲起他们神采奕奕。后来他为我父亲画过一幅杜甫像，枯瘦的诗人歌吟的样子，给我深深的印象。是他自比杜甫还是勉励父亲，现已不太知道。但我想他们一定是有着相知的一面。而我对美术的那点常识，一开始也染有沉郁的色泽。大卫的画从来是严肃的。他善做漫画，讽世讥人常带古风。我也是从他那里知道，在光与线条中，遁世的逍遥是没有的。人都在尘世中，何来世外桃源呢？

第二个影响我的是姓宫的叔叔。他在文化站里工作，善画油画。我随他学画很久，那时文化站里各种客人。常常造访的是几位落魄的读书人。一是从大连下放的教员，还有位沈阳来的老师。他近在一起讲林风眠，谈肖邦，甚至瓦格那。我第一次在他们的画室里看到了珂勒惠支的版画，还有《引玉集》中的法复尔斯基的作品。自然，还有普希金的诗，那是穆旦的译作，真的清爽美丽，未料天底下还有那么精善美雅的作品。

文化站平时来人很少，几个读书人在此谈天，那神秘的样子让我着迷，一些零碎的美学常识都是在那里得到的。也由于这个小沙龙，我得以接识了一个孙姓的老师，被拉去帮助整理中学图书馆的旧书。于是看见了《艾青诗选》，汪静之《惠的风》，莱蒙托夫《波罗金诺》等作品。真的要谢谢小镇的中学图书馆。"文革"那么乱，图书却完整地保留着。我的所有的阅读兴趣，就是在那时开始的。

印象最深的还是穆旦的译作:《波尔塔瓦》《青铜骑士》《普希金诗选》。书印得很好，精良有趣，是高雅的文本。我把书偷偷拿回家抄，一遍遍默读。在父母遭难的日子，这异国诗人的文字，熨着我的心。我感到了从未有过的快慰。

许多年后，我在北京的机关工作时，遇到为乡下图书馆捐书的活动，总是异常积极的。并且与人争论，不要总捐那些宣传品，要送经典的文艺作品，尤其是国外的。这是早期记忆的一个反射，也试图向着和我一样饥渴于文字的孩子，伸出自己的手来。而我也常常想，一个小镇中学的图书馆，在 60 年代竟有如此丰富的馆藏，是校长的见识所为，还是馆长的眼光所致? 无论如何，这些为后人乘凉的栽培，我是一生都感激不尽的。

杭州小记

    乙酉秋，女儿考取浙江大学，我与妻子去杭州，曾在西湖边小住。每天差不多都要去一家餐馆，几个友人同来聚饮，颇为兴奋。席间讲起美食，都称赞这里的佳肴，为南方一绝，不胜感念。后来每次来杭，都到那里谈天，成了一个歇脚的地方。西子湖畔，清静之地，来此的快慰，与聚饮之乐也是有关的。

    我是北人，在北京生活了大半辈子，对美食一直缺乏研究。友人中是美食家的不少，汪曾祺、王得后、陈平原都很讲究美味。我不行，看到美味，分不清高低，似乎没有品尝的耐心。正如《中庸》所云："人莫不饮食也，鲜能知味也。"要知味，一是有趣味在，二要名师指点。可是这些与我的关系不大。不过事情就这样有缘，戊子春，孙春明、杜芳伦邀访杭州，承蒙知味观主人盛情，与诸多烹饪大师相识，请教了不少问题，对南国的烹饪艺术，总算有了点眉目。于是感叹：通晓茶酒饭菜之妙，也如诗书之乐，始于熏染，终于体味。我幼时在乡下，常常饥不裹食，机缘是后于常人的。所以心里以为，谈论菜单之趣，也有点奢侈的。多年来，一直对此敬而远之。茶楼间事，与自己是没有关系的。

年轻时读《随园食单》，见袁枚以儒学口吻谈论菜点，颇有反感，以为是士大夫式的教化，有点做作的。穷苦的时候，没有余暇梦想宴席之美。近三十年生活大变，所谓生活的艺术化已不再被诟病，美食在读书人那里被津津乐道地谈论起来。也许因为年事增长，病渐袭扰，我近年才知道饮食乃大的学问，恍然觉得民间的俗语，和士大夫者流的谈论，也不无道理。常有人谈起养生之道，说一日三餐，不可不设计，不能胡吃海塞也。于是偶读食单之类的书，戒律亦多，小心翼翼的时候渐增，对袁枚的作品，却不敢说三道四了。

杭州乃诗化的地方，长堤、湖水、墓碑、庙宇，无不暗含幽情，使游人生出敬意。其中酒楼店铺间的故事，亦雅俗纷纭，几句话怎能说清？去杭州，才知道浙人善于精研烹饪之道，理趣之深与湖畔间的碑文庶几近之。都是对自然与人世之乐的体味。我在杭州的这几天，去知味观、味庄、味宅、奎元馆，觉得都像在博物馆里，鼻与口，目与耳，都有幽微的刺激。尤其知味观里的名点名菜，似乎背后都有故事，美味之外，还有相思的人与事，那是只有江南的酒家才有的韵致吧？

美味不可多用，是古训。那意思是世间要有禁忌的。南国的菜肴好，就是有它的禁忌在，不像我的故乡辽南那样随便。北方人在寒冷与枯寂里，没有选择的余地，也只能乱炖。南方人则不同了，菜食有浓淡之分，荤素有多寡之别。知味观里的菜谱，搭配与调剂都很讲究，连器皿的应用，都是独到的。杭州人的特点是精致，有小诗的委婉之美，像日本的俳句一样秀雅深静。那一天主人请众人饮酒，所上之菜，细腻柔婉，似园林中盆景，让人不忍下箸。仅菜名就很有趣：十味花碟、知味冻活鲍、菩提茶树菇、金牌蟹酿橙、花杯焙红虾、龙虾芙蓉蛋……

友人车前子，见美食而眉飞色舞，挥毫助兴，对席间的作品颇有感慨。他是苏州人，自然知道杭州的风俗，近来他一直居于北京，也许这里的一切唤起了思乡之情也未可知的。

据说知味观有近百年的历史，创始者乃绍兴人。绍兴的饮食，天下闻名。杭州的许多古物，与绍兴关系很深。浙东人善能吃苦，自己并不奢望暴饮暴食，却创造了许多美味佳肴。不过就我的一点了解，绍兴的小吃与酒席，乡土的味道很浓。知堂谈会稽的食谱，没有看到精致华美之物，倒都是爱窝窝、麻糍、梅干菜、豆腐、山野菜之类。绍兴人向能吃苦，餐饮也有穷人式的简单与随便。知味观老店，民国间在那里很红火，想必是大众喜欢的缘故吧？店铺发展到杭州后，向着两个方向发展。一是大众的情调，少长咸宜，贫富均爱。我第一次去杭州，就在知味观的一楼大厅品茗，人多，熙熙攘攘，可是不失趣味。二是走精品的路，除小点外，菜肴和杭州的古风及文人情调相融，有雅化的趋向。这就和绍兴的谣俗气味略远，融到宋词与明情小品的路向里了。由乡村入都市，一变也；从山林近台阁，二变也。可是万变之中，有一个似乎没有变的，食单里的绿色味道，清秀之美还是主调，似乎并未雅到贵族气息里。你依然觉得它的亲切，不失江南的柔情的。

所以杭州的一切，都是吸纳百川渐成气候，并不排外的。杭菜里的学问是什么，我一直不太了解，但略为知道的是，不是拘泥在小情调里，时时走新奇的路。取绍兴的朴素，得苏州的淡雅，融宁波的浑厚。北人去杭州，吃到面食，就想起南宋的故事，其间流散的是北方的意味。四川人赴西湖，吃东坡肉如见亲人，因为信息里有故乡的情思。白居易、苏东坡都写过怀念苏杭的诗文，自然也每每不忘酒楼里的狂放之态，感谢江浙人当年对自己的接纳。我看过他们关于苏杭的文字，印象是孤苦的时候的回想，对西子湖畔的垂柳与酒肆，大有爱意。白居易讲起苏杭两地的饮食云："粽香筒竹嫩，炙脆子鹅鲜。水国多台榭，吴风尚管弦。每家皆悠久，无处不过船。"企羡的地方是有的。人生得意的时候不多，湖光山色之间，可以销魂是自然的了。西湖的美，是净化的选择。不都是自恋的一面。她也接纳了诸多狂士，将酣畅的东西留在了那里。古人不用说了，近代以来的鲁迅、陈独秀、马一浮都曾徜徉于此，虽能说没有冲荡的地方呢？

鲁迅在杭州工作过，他与许广平热恋的时候，还专门从上海赶到西湖边玩过一次。记得西子湖边还发生过一个故事。一个假冒鲁迅名字的人，竟在湖边题字留诗，骗起陌生之人。鲁迅不得不写声明，云彼鲁迅非此鲁迅也。可见在二十年代初他在杭州的名气之大。但鲁迅不喜欢在杭州久住，以为是太奢华，易落入享乐的麻醉之地。所以1933年郁达夫移家杭州时，鲁迅竟写诗劝阻，希望老友不可沉迷其中。因为他知道世俗的力量对人的侵袭是大的。警惕落入享世文化之中，是对的。但不是所有的人都能被西子湖畔磨掉意志的。苏东坡在杭州，就依然保持了奇绝之气，刚硬的一面并未失掉。林语堂的《苏东坡传》专门谈到了这一点：

> 由文学掌故上来看，苏东坡在杭州颇与宗教与女人有关，也可以说与和尚和妓女有关，而和尚与妓女关系之深则远超于吾人想象之上。在苏东坡的看法上，感官的生活与精神的生活，是一而二，二而一的，在人生的诗歌与哲学的看法上，是并行不悖的。因为他爱诗歌，他对人生热爱之强使他不能苦修做和尚；又由于他爱哲学，他的智慧之高，使他不会沉湎而不能自拔。他之不能忘情于女人、诗歌、猪肉、酒，正如他之不能忘情于绿水青山，同时，他的慧根之深，使他不会染上浅薄尖刻、纨绔子弟的习气。

苏东坡如此，鲁迅、陈独秀、马一浮何尝不是这样。记得陈独秀在杭州教书时，曾专心于小学研究，心是静的。其间也写出豪情万状的作品。在灵隐寺里隐居的马一浮，面对湖光山色与酒楼，心不为所动，谈到饮食时，强调素食之美，简朴的作风依旧。这些人物，有的喜欢对酒言志，美丽的饭菜有时是精神的陪伴，平添出诸多乐趣。我每到杭州，就不由得想起那些旧的人物，在中国，人美、城美、山美、水美的地方不多，西子湖畔，令我们联想的远不仅是诗词美味。

杭州的好，古人已说了千千万万。今人与后人想必也是不只千千万万吧。中国曾经是穷国，不太被洋人瞧得起。据说赫鲁晓夫第一次到西湖，惊叹山光水色之妙，对美食也赞不绝口。我们汉民族，在衣食住行上的诗意，曾不被看重，其实是大有深意的。袁枚当年写《随园食单》，是那一代人的情趣的表白，已成了珍贵的文献。我孤陋寡闻，不知今人可否有好看的食谱著作出版？店铺上的食谱书很多，大多都太讲实用，没有精神的灵动。我觉得要是有人写一本集民俗与美学于一体的食单，想必一定受欢迎的。以知味观为例，菜肴的背后的故事倘能一一展示，那就不仅是美食的话题，与精神的审美很密不可分了。当然，书要朴素大方，没有贵族态，那就更合读者的口味了。

2008 年 5 月 2 日于北京

关于王冶秋

　　偶然读到王冶秋的一本书的校样，是巴金编的，惜未出版，其间留下了巴金和王冶秋的字迹。于是对他的作品开始留意起来。王冶秋在文物界的名气很大，原因是做过国家文物局局长吧。我最初知道他，是因为读了他的回忆鲁迅的文章，后来从姜德明先生那里知道了他的许多轶事，兴趣也自然增加了。姜先生很喜欢王冶秋，彼此的交情很深。也许缘于鲁迅研究的情分，他们相知得很深，这由姜先生的文章里可以看出来。李何林先生也曾在一篇文章里介绍过王冶秋，读来很有感慨。他的学术才华和领导才华，给知识界带来的益处，今天还能感受到。

　　没有在文物界工作前，我未曾感受到他的辐射力。到了博物馆做事后，才意识到他的存在，那个影子般的话题，时常在周围的同事间讲起。鲁迅博物馆的建立，和王先生的关系很大。解放初，他就把鲁迅的北京旧居保护起来。后来建立博物馆，奔走最勤的也是他。1976年，成立鲁迅研究室，他是组织者，各地来的研究者，差不多都是他点的将。当年他和鲁迅的交往不是太多，可是感情很深。一生都受益于鲁迅的思想。在普及与研究鲁迅的工作上，他起了别人不能起到的作用。

王迪先生写了一本《王冶秋传》，详细介绍了王冶秋的一生。我读这本书，感兴趣的地方很多，他在未名社的文化活动别有趣味，这影响了他后来的道路。建国后主持国家文物局工作，依然有旧风在。他年青时代，思想是激进的，几起几落，在白色恐怖里度过了青春时代。未名社的青年，有的学究气浓些，有的带点现代主义色彩。他却是个有抱负的血性的人。这一点和李何林是相近的。我看他的文章和生平史料，一直难以想象他曾是个激进的人物。我这些年接触日本和韩国的左翼学者，他们当年都做过牢的，可是他们都很富有温情，是些很温和的人。联想王冶秋那代人的选择，有诸多相近之处。近年来左翼文人被脸谱化的倾向严重，对青年一代的影响多是负面的因素。《王冶秋传》提供了另一种素材，告诉我们一个有趣的知识群落，风里的吟哦，雨中的捧打，历历在目。历史在吊诡之处，亦见温润之气，苦楚里有爱意回旋，那就很有意思的。

那一代的人与事，是学术与政治，艺术与爱情的交织。王冶秋一生相关的历史风云很多，有些故事让后人感到像历史小说般多趣。比如他和冯玉祥的关系，与李霁野的交往，都很特别，其内在的东西，不是一般书本里能过感受到的。"文革"后期的文化遗产保护工作，他倾力甚多，做了许多善事。在中国这样的大国，遗产保护是大难的事情。况且经历了现代革命，他所做的恰是时代不太关顾的事情。在打倒"四旧"，铲除"古文化余孽"的时代，他面临的困境可想而知。新的社会文化，是从旧有的遗产力滋生的呢，还是观念的产物，一下从天上掉下来呢？深谙鲁迅思想的王冶秋，不是不懂得这些要义。可是又不能置身于时代潮流之外，那就要付出常人难以想象的代价，和一个荒谬的时代周旋。关于考古学，关于近代史研究，关于博物馆建设，都要做出另一类思维才能达到目的。"文革"期间，文物保护真是难矣哉，只能逆着社会思潮而行。逆行，就有大苦。主流社会与民间都不理解。这种情况五十年代就开始了。记得郑振铎提出保护文物，就受到茅盾的批评。原因呢，自然是跟不上时代的步伐。社会主义要新文化，文物局却关注旧文化。用新观念看旧文化可以，可是有旧文化癖的人保护旧文化，就是问题。郑振铎、王冶秋也未能逃出这样的逻辑，他们的路比一般人要难得更多那是自然的了。

二十年代，他在北大听过鲁迅的课，此后心里一直惦念着这位老师。他的喜欢鲁迅，原因很多。思想的深，和生命的真起了很大的作用。鲁迅给他的启示是众多的。在文化遗产领域，鲁迅的鲜活的思想意识，一直在支撑着他，以致在一些重大问题的选择上，深的文化情怀起到了很大的作用。在鲁迅博物馆听到了许多故事，其中一个是，姜德明先生在万安公墓发现了鲁迅手写的韦素园墓碑斜倒在路边。王冶秋知道后亲自到山上把墓碑驮回来，送到鲁迅博物馆。这块碑至今还在博物馆里。每一年鲁迅祭日到的时候，他都要到西三条鲁迅故居献上花篮。鲁迅对他这代人是个情结。我们了解那时期的文化，多少和鲁迅有关。在鲁迅身后，王冶秋充当了"五四"文化遗产保护者的角色。在新旧文化之间，他自己深知孰重孰轻，彼此间的关系也处理得很有分寸。现在的年轻人不太易理解那一代人的心境了。

舒芜纪略

舒芜去世的消息是从一位记者的电话中知道的。在回答记者的问题时，我的一些观点被扭曲地刊发出来，与本意甚远。现在写这篇文章，算是一种澄清吧。

谈到舒芜，总觉得他是个难得的学者。他原名方管，安徽桐城人。1922年生于读书人之家，其父方孝岳受过新式教育，先后在北大、中山大学任教，古典文学的造诣很深。堂兄方玮德是著名的诗人，惜其过世很早，未得发展，但对他的影响很大。他的学历不高，却很早就在大学任教，早年喜欢哲学，后来对古典文学与现代文学兴趣渐浓，才华不久就被人们注意到了。

谁都知道，舒芜的出名与胡风有关，他早期有影响的论文《论主观》就是胡风鼓励写出并发表的。后来胡风遭批判，舒芜把胡风的信件交出来，遂成为一大冤案。此后被骂为文坛"犹大"，受到不断的指责。他晚年的文章，没有人们希望的痛哭流涕反省的样子，于是有人怨恨，有人谅解，如此尴尬之境，他都泰然处之。

关于那些往事，舒芜一直不太愿谈，我以为是可以理解的。他逃不开责任，因为胡风案，无数人遭批判，家破人亡，自己是参与者之一，虽然是被动的交出信件，但此举总有悖于做人的良知吧。几年后，他还是没有逃出劫运，1957 年也戴上了右派的帽子。在经历了漫长的日子后，他似乎大彻大悟，晚年专心学术，写了许多文章，尤以周作人研究水准最高。对周氏的思想、文本的把握，是一般人所不及的。讨论周作人，不是孤立的笔法，总能从与同时代人对比中发现问题。他对鲁迅理解深，也能从史学的角度看待胡适这样的人物。八十年代以来的文字，都很大度宽容，在沧桑感里藏着智慧。也有史家的眼光，读者从他的语气里，自然能嗅出因无奈所发出的诸种感叹。

可以说，在传统文化里，他学到了士大夫的一些东西。明清文人的儒雅与书卷气是有的。凡涉及到旧的典籍，都能道出原委，见识越俗。尤其校订史迹，目光敏锐，自己的文章也不涉虚言，乾嘉学派的余影清晰可见。其实他最欣赏的是"五四"的文化，推崇鲁迅精神。可是学鲁迅不像，更多的是与周作人多有契合。文风与思想，近于"苦雨斋"色调。周作人的儿童观、妇女观、野史观，对他都有影响。许多文章是呼应着周氏的传统的。有人曾讥笑他的周作人研究是惺惺相惜，那也对也不对。因为有"失节"之苦，自然从历史这面镜子可照出什么来。而在内心深处，他大概在找文化之苦的根源，在反思里梦游，这倒是对的。

舒芜有哲学思维的训练，只是后来放弃了这条道路。晚年的随笔里能看出他的工夫，是高于同代的许多人的。笛卡尔的思想、康德的思想，都对他有所启发，而鲁迅以来的思想者的传统，也被其很好地吸收进来。他对知识分子的立场问题很是敏感。1997 年，我的《鲁迅与周作人》出版，他写了长长的信给我，提出一些不同的看法。有一次他打电话，希望我能关注一下吴承仕的著作。他认为在章太炎弟子中，吴承仕是自觉地放弃旧思想，去接触马克思主义的。这个在抗战时期早逝的学人那么引起他的注意，我以为有他的一种情结在。这情结是什么呢？我也说不清楚。但有他精神的隐含是没有疑问的。

五十年代的经验对他是一种痛苦。六十年代后，他已无甚可谈，觉得最有趣的还是鲁迅那代人。在许多文章里，他一直坚持"五四"新文化的传统。回到"五四"那里去，成了他晚年的一个重要选择。所以如此，是觉得自己这一代犯了许多错误，根底还是鲁迅所说的奴性文化未能根除。个性的问题，民主的问题，思想多样化的问题，都未能在文化上立根，悲剧也就在所难免了。所以他反对读经，拒绝盲从，都有自己的心得在。我甚至想，他后来的写作，其实也在还历史的旧账。中国产生悲剧的文化根由，不是与每个人都无关的。

而他看人看事的立场也在发生着变化。对历史人物总能辩证地去看，不随从别人的眼光。比如谈到胡适，就没有左翼的立场，发现了诸多可深谈的话题。讲到人民文学出版社 1957 年的反右运动，那时候的领导人是王任叔，他的右派帽子就是那时扣上的。可是回忆此段历史时，他并未怨气十足，还对王任叔说了诸多好话。历史的复杂使他学会了宽容。文章也没有了早期的凌厉之气，精神就变得厚道了。我看他的文章，都不是为学术而学术的，有很多从己身体味而来的气息。生命的过程与思考的过程缠绕在一起，在诸多学人中，他的现实感是明显的。

无论从哪个角度说，舒芜是个值得研究的人物。从周作人到舒芜，有中国读书人的痛史。他们失败过，寻找过。历史不是在清纯里书写的。对在复杂环境里挣扎的中国读书人而言，以溅着污水之躯去苦苦寻梦，是大难的。他寻到了什么呢？内心真的安稳了么？在这样一面镜子面前，谁说照不出我们内心相似的影子？

2009 年 8 月 25 日

钱谷融先生

陈子善先生来信，说钱谷融九十大寿了，上海的朋友要聚一下。我赶到上海时，见场面很大，来了许多人，熟悉的与不熟悉的，高朋满座，甚是高兴。谈钱先生的学术，我没有资格，知道得太少。会议间得到《钱谷融论文集》，回来补了一下课，对这位老先生有了点认识。面目渐渐清晰起来。说实在，那么多人喜欢他，不是没有道理的。

钱先生早年的文字大有唯美主义色调，对文言文的把握亦有古风，词彩艳丽，天赋是高的。在动荡的年代，他心系美文，不愿被社会思潮裹着，其实也是文学青年的一般心理。五十年代，周扬的文学观一统天下，是权威话语的解释者，钱谷融的看法当然受限，不得畅达也是自然的。他后来写的那篇《文学是人学》，就有点离经叛道，遂遭批判。"人学"是什么，不太好解，至今还是笔糊涂账。钱先生觉得，人的心与行为乃复杂之事，不可以几句教条为之，允许探索，宽容个性的表达是应该的。这个看法，现在亦难解，那时候是禁区。现在讲起这些，年轻人对当年的风云，已知道得不多了。

我未觉得钱谷融的学识高在哪里。但他的魅力却是超越了学术的。想起他，就想起华东师大的一批学者，他的弟子王晓明、许子东等，在八十年代风骚领尽，开批评的新风气。我还记得那时读王晓明的《所罗门的瓶子》，佩服得不行，从感受到智慧，都和世风不同，真真是美文批评。许子东的郁达夫研究，神思鬼眼，包容万象，醉倒不少读者。后来的胡河清、吴俊、格非，都有清俊的文风，在批评与创作出笔不凡，显然受到了钱先生的鼓励。让自己的学生沿着各自的路走，不重复别人的路，在高校的今天也不易做到。仅此点，钱先生的分量就是重的。

现代文学研究是有一个"界"的，前辈学者颇有古风者多多。北大的王瑶就带出一个学派，得其风骨者至今被人关注。赵园、钱理群、陈平原等都写一手好文章，或搞辞章之学，或社会批评，逆俗的思想，渐侵文坛，好不壮哉。此为北派。钱谷融在上海不拘礼法，走性灵无伪的路，自不同于京派诸人，不是从版本、目录之学入手探求学问，扬心绪的哲思，灵动得很。此为南派。钱先生年轻时代就不喜欢掉书袋，有诗人的性情在，他注重学生兴趣的表达，绝不吞没孩子的感觉，任其自然发展，不被理论的框子所囿，风格趋于自然、散淡，精神就有张扬的痕迹。这两者各有所长。北派多实证与史家风范，赵园的《明清之际士大夫研究》乃为代表，当下感受与历史语境汇聚在一起，酣畅大气，得天地生气。南派则不袭旧路，天马行空又不失风范，王晓明的《无法直面的人生》是个标本。我喜欢这两个风格，一个大漠惊沙般惨烈，一个江水般湍急。人性是有差异的。学问绝不是一条路径。王瑶当年允许赵园那样神乎其文的走笔，也就成就了一个学人的路。使其弟子有了拓展思路的空间。钱先生在此点与王瑶很像，老人的境界，乃青年的起飞的背景。境界高，起点也高，是真的。

我认识钱谷融二十年，从没深谈过。有一年在香山开会，和他住在一起，才有感性的认识。老人面带祥和，有仙风道骨，与人见面永远是笑的，好像和善的佛像，让人有亲近的感觉。他的话向来不多，心静如水。和他在一起的时候，有着安然的感觉，觉得世间的风雨再大，也无所谓的。因为风要过去，雨要过去，太阳总要来的。我和他对视片刻，喜欢得很，就想起了王瑶、李何林老年的样子。老人不是学术奔驰的时代期，却是精神笼罩的光景。当他们把爱给予了别人的时候，就像明月在天，昏暗的世界忽的神异起来，我们会觉得，即便是余晖，也是暖人的。

2008 年 6 月 19 日

红楼边上

上世纪 1990 年代初，我因为做报纸副刊编辑，常常去老北大红楼边的人民教育出版社看望张中行先生。一来是听他聊天，二是顺便取稿子。时间过了多年，很是怀念那些时光。张先生是因为写红楼而出了名的，有人也就把他称为现代的古董。我和他的交往，在开始是怀着好奇之心的。没有想到还有这样写作的人，文章没有一点当下话语的痕迹，血脉完全是从"五四"那里来的。这种文体的出现在当时是一种异类，但读起来却有心灵的洗刷和理性的振颤，在他面前，所有的流行色变得淡然无味了。

我和他多年的交往，谈得最多的是周氏兄弟，曾问过许多问题，他提供的故事和线索是很多的。比如周作人的起居情况，苦雨斋学生中的亲疏，以及钱玄同、刘半农的日常生活。在"五四"那代人里，他最推崇周氏兄弟，尤看重知堂。一般喜欢知堂者是疏远鲁迅的，有的甚至将两人对立起来。他不这样。这一点上他表现得很宽厚，是个懂得世道的人。鲁迅对他的影响在知性的层面，他觉得那是个超人。

不过由于思想上趋于"信"，便不及知堂"疑"的力量。张先生是欣赏怀疑论的人，这既受益于知堂的思路，也得益于罗素的哲学。鲁迅的用世，常人学不来，学不好会成为匪气之人，他绕过了。于是偏于知堂的独思，保留读书人的园地，甚或一点象牙塔的情趣。这也为他后来与杨沫的分手作了注解。不愿卷入"信"的狂欢，在乱世里求一个心灵的宁静，甘愿本乎于心，顺乎于道，如此而已。他晚年被人关注，便是因为残留着几近消失的"五四"的另一传统，将怀疑主义和个性化的独思展现出来。以知堂那样历史的看客姿态，谈阴阳之旅，述春秋之变，敲开了一个个历史的盲点，将人的本色和生命的欲求诗化地点染出来。又不高蹈于众人之上，以平民之躯行世，这在百年间无数自认为掌握了真理的那些豪迈者身上，何曾看见过呢？

红楼的生活给他的影响是巨大的，有意思的是他后来就一直工作在这个旧址边。半个多世纪过去，他一路坎坷，身遭数变，沦落到社会的底层。多年间他养成了一个习惯，那就是常常去看老北大的教员，成了知堂等人家里的常客。1950年代后，文化格局大变，旧的一套遭废，他心仪的那些东西慢慢地消亡了。他苦于无人对话，有什么可以慰藉自己么？于是只能沉浸在回忆里。久久地咀嚼着老北大时代的那些诗文。我觉得他像红楼的遗民，只有"五四"读书人的氛围才唤起了他的快意。后来写《负暄琐话》时，已将多年的心绪披露出来。知堂说北大有两个传统，一是读书不忘救国的，二是为学术而学术的。前者要改造社会，走向街头，后者则在精神的静观里提供思想的资源。张中行以为在当下中国，缺少的是后者，它可以矫正主流思潮的错误，不断提供精神的各种可能性。而当代教育的实用主义和文化的功利主义，已重创了这一传统。我在他的回忆北大的文章里，感到了他的忧虑。当沉浸在历史的往事里时，他勾勒了那么多我们不曾知晓的故事。文字老到精妙，内心静得没有杂音，仿佛是从博物馆里传来的钟声，传递着失去的足音。他那么感怀新文化的前驱，文字毫无迂腐气，在古朴里还透着现代哲学的凌厉之气。有一点康德的不可知论的雄辩，一点知堂式的从容，外加上曹雪芹般的感时伤怀。许多文章的问世，构成了一个个旧梦，他给我们带来的气息，在别人那里是感受不到的。

他描绘的红楼，一是学术上的自由空气浓，二是知识群落个性的强烈。新与旧、古与今都荟萃于此，真是郁郁乎文哉。但文字中并不都是誉词，有时对自己的老师亦有微词，并不以前人是非为是非。张中行以为老北大的不凡在于，将学术由传统的泛道德化转变到多元的道路上来。他喜欢胡适的为人，却不苟同其为官之道；礼赞知堂的随笔，然而批评老师的失足之过。写历史能以平常心为之，且妙语四出，那是兼得史家与批评家之长的。所以启功先生说他有大学者的风范，不是夸大之词。历史在张中行的笔下，被有意味的情思包围着了。

我有时读他的书，感到他文字里最愿写的是梦，许多书的名字与梦有关。《留梦集》《说梦草》《说梦楼谈屑》等弥散着幽玄之气。他怀念胡适、鲁迅、知堂的遗韵，对出进红楼的人物有一种敬畏感。由此而推及到那个时代，哪怕是乡下的小人物，每一点纯情的东西都深记于心里。这些长久地吸引着他，你在那里能读出大的爱以及期待。他在哲学上造诣很深，却不被思辨理性所束。唐朝诗人的感伤和明代读书人的性灵含于其中。这些杂色的东西在他那里奇妙地组合着，学院气与书斋化的韵致统统消失了。我们在那文字里看到了寻梦而不可得的苦楚，而又偏偏缠绕着旧梦。他多次说人生乃大苦，也许唯梦才让人欣慰吧。天底下一切清爽的东西让他喜，一切智慧的存在使其敬。然而生命的无奈在于，所有的都在逝去，逝去，人是多么渺小的存在！他在自己的园地是，书写了人间的悲苦，以及不甘于悲苦的眷恋和梦想。有梦者也是幸福的，较之于我们这些无梦和少梦的人，他活得充实，丰沛。

送张中行

古人形容仙逝之人，乃驾鹤西行，用意是诗化的。如果一个人的死，能唤起这样美好的追忆，那么各种隐喻，总是合乎情理的。张中行之死，让我想起了这些，同时也生出一个幻觉：仿佛一个汉语的魔术师，带着神奇而来，又带着神奇而去，一个美好的图景在世上就这样消失了。

十余年前第一次读到他的书，曾叹之又叹，以为是周氏兄弟文章的复活，让人感到了"五四"的脉息。张中行给我的感动是多方面的。其一是人生哲学的朴素，将虚幻的精神还原到日常的顿悟里。顺乎性灵，本于内心，向内是知其无可奈何而安之若命，向外是不息的生命热流。其二是学理的深与平民的真合二而一，这两者本来互不相关，甚至矛盾的。而先生却天然地将其融为一体，真真是翕然无间。其三呢，我觉得更为重要，是解放了现代汉语。将八股的东西与空洞的文字从文章中驱走，代之而来的是平易晓畅，神韵悠然的文风。白话文才有八九十年的历史，然而日趋枯萎，神采荡然。自张中行的文章在八十年代登场后，才有了多姿的色调。上袭古风，旁及西韵，又杂以民间口语，朗朗然有大家风范。这三点，使其从一介平民而跻身于学林之中，成为高人。六朝风骨与"五四"情怀就这样在他的世界蠕活了。

一个人的书能被反复阅读，且不生厌倦，大概是精神的深和语言的深的缘故吧，我读张氏之书，曾久久揣摩文字的逻辑，却不得其解，好像八大山人的绘画，亦如陈师曾的墨迹，背后有高远的东西在。他的古文很好，旧诗带有唐人气。但白话文中又以口语入文，却不见一点俗迹。我翻看《顺生论》《禅外说禅》《负暄琐话》诸书，惊叹其平和之中的深切。书中全无故作高明的词语，以谦和之笔道古今之事，千回百转里，夹带人生感触，常有石破天惊之语。一切都显得那么自如，像一个贫僧枯坐在山口，而内心与上苍紧贴。我们这些俗人面对于此，只能感到羞愧。

张中行是一本大书。他关于佛学，关于逻辑学，德国古典哲学，文字学都有建树。思想师从于英国的哲学家罗素，著文的风格又暗袭周氏兄弟。有玄学的基础，善于思辨，在情感的表达上，又远离经院派和道学之门，略有杜甫遗风，静思默想里，爱意楚楚。我觉得他身上会有许多旧式文人的缠绵，而人生态度却又从"五四"那里来的。所以像古人，又跨出了古人，似今人，又不属于这个时代。你读他的书，像走进五光十色的博物馆。他自称是杂家，杂而不深。但也因为杂，便不成为任何一门学问的奴隶。始自于怀疑，却未能终之于信仰。在诸多的学问里，他看到了理论的有限性。人是多么渺小的存在，他常常这样自叹。于是在读与思里，在悟与写中，以有限的时空感去探求无限深广的世界，一生写下的文字，记录着一个思考者的苦乐、明暗。真是悲哉壮哉。

为什么说他带着汉语的魔方呢？先生的本行是语言教材的编辑，

生前写过大量古代汉语与现代汉语研究的文章。由于专业性强，世人读的不多。由汉语研究进入汉语诗文的写作，张氏有着创作的自觉。他的《言意的亲疏种种》《文言的历史》《古今汉语语法比较举要》诸文，游走于古今文人的心灵之中，探文学源流，述诗文得失，将汉字的历史有分寸地勾勒出来，这构成了他学问的底色。张先生一生，深知汉语的生路与死路。八股文出，则文言文死；教条主义行，则白话文凋。我有时看他遣词造句时的用心就想，他大概故意绕开流行语，营造自己的园地吧？汉语本来有生命张力的存在，内蕴的丰富和潜能的开掘，远未被焕发出。世人喜读《顺生论》《负暄琐话》，是窥见了思想的另一景观。原来汉语还可以这样使用，精神还能够如此达成，我们的生活庶几不会再粗糙下去。一个人的出现，竟影响了人们书写的方式，世人是要感谢他的。

去年春天曾去看望先生，他问我鲁迅的《阿Q正传》有手稿存在否。我说尚存一页。先生闪着亮亮的眼睛："那真是好文章。"并连连感叹着。他一生对文字的敏感，超过了一切。离世最后几年不能写作，深感痛苦。有几次和他谈天，话题一直离不开周氏兄弟。他心仪那些精美的文字，觉得像心灵的灯火。我一直在想，今天的读书人，如此的热爱文字，并创造出新的文体的人还有谁呢？写一本小说，一本专著，如果是用着流行语进行的，那其实并不太难。而用自己的话，自己的逻辑参玄得道，谈天说地，不是人人可以做到的。张中行的存在，是我们这个时代的一个奇迹。他预示了汉语写作的无限可能。今天，这个魔术师去了，这种可能还会有么？想想我们日常存在的粗糙和单调，我的心不禁悲凉起来。

谈林凯

我和林凯相识有十余年。在朋友中他是让我久久感念的。我到北京工作，两眼黑黑，对文化圈子里的事情也知道得甚少。刚到报社工作时困难多多，约稿的队伍，有许多都是他帮我建立起来的。所以一直深深地感谢着他。其实他的可贵还不在于助人为乐，而是有自己的审美路向。为此我们有过许多探讨，也因为一些观点的分歧而争论得面红耳赤。我觉得他的思路是属于走偏锋的。与一般人没有交叉的地方。他写文章，没有学院派的痕迹，作家腔调也是看不到的。安于普通，又能在精神的路上远远滑动着，是坚守了读书人的一种立场的。读他的文章，就想起在一起讨论话题的日子，似乎文字里也流动着交流时的氛围，执着、坚硬，文如其人，起承转合间都是他生命的气息。

过去我看过他出版的作品，文字里有与世人反对的东西。他不喜欢写宏大叙事的文章，自己是吝惜笔墨的。似乎是受到日本俳句的影响，在短小的文字里，写己身的体会，笔致是突兀的。在他写下的大量的作品里，平和里露出生涩，婉转里是冷视社会的低音。他起初喜欢周作人的作品，以为冲荡之美是不可得的。后来生活渐深，久历光阴，知道了人间的苦楚，又偏向鲁迅式的峻急。所以，文字里有冲淡的一面，也有强悍的地方。远离象牙塔式的柔软，而是充满了思想的盘诘。我很喜欢他的这些断章，是思绪的偶得，心灵的闪动，爱欲的流淌。有时是突峰逆转，闪出意识的波光，虽然其间不乏焦虑的音色，可内在的幽情一阵阵地刺激着我的心。

最早几年我们的谈论，多的是对语言的焦虑。我们这个时代在表达上似乎出了问题。精神的出口还是有限的。林凯很早就意识到了这点，他的写作，一直要颠覆的就是这些。不从空洞的口号出发审视问题，逻辑点是在人生的细节上。在诸多的随感里，直指我们生活里的病态的东西，嘲笑这一切非人性化的存在。远受鲁迅的熏陶，近得邵燕祥的内蕴，有时单刀直入，有时婉转多致，形成了他自己的风格。我想这也是对自己内心的一种挑战吧。

汉语易小，宏篇大论者常常不得要领。木心先生的《琼美卡随想录》，就是以小见大，有奇异的哲思，独步于精神的高地。那是彻骨的文章，从心的深处流出，我们看了是要感慨的。流沙河、邵燕祥也有类似的文字，从寥寥数语里，射出无限深广的意识，真真是大的手笔。木心的选择是唯美的居多，流沙河与邵燕祥则是战士式的。林凯的文字显然属于后者。要超然万物哪那么可能呢？"五四"新文化的激越的一面他是了解一二的，虽然喜欢平静的冷思，可是生活在今天，有时也是唯美不起来的吧。所以他一面要直面着，一面又倾向纯净的精神静观。这给了他一些苦楚，有时也流出淡淡的哀愁。在现实与梦想里，是没有平坦的路径的。

我和林凯接触的时候，印象深的还有他的杂学。不是唯文学而文学，喜欢杂览，对绘画、书法颇有研究。他的书法越写越好，大概是摸到了古人的一种路径。字迹有神，温和而朴素，没有故作高深的样子。他在境界上受到了陶渊明的暗示，线条呢，有唐宋文人的某些儒雅。和浮躁的书法群落不是一条线上的。他自己知道书道乃精神的高地，自己还是刚刚开始，自然也未能臻于佳境。未来还有远远的路。可是从他的选择里，我读到了一颗赤忱的心的跳动。是的，无伪的人是不站在浑浊的地方的。在文章与书法之间，气韵与格调其实是一个相似的美学的问题。

现在，他又一本作品集出版了。几年间的思考都留在了这些有趣的字里行间。我知道他自己不是一个自满的人，未来的挑战还在等着他。我们还在这个世间生活着，多做一些探索的事，何尝不是一种快慰呢？而一生中能做的工作，现在看来，还是太少了。唯其如此，我们不能不珍惜每一次精神的跋涉。不停地走，在无路的地方摸索着，挺进着，也是一种人生啊。

2007 年 9 月 20 日

略谈王元化

王元化去世的消息传来，脑里便浮现出他的一些著述的片段。我没有见过王先生，可很佩服他的学术文章。他到晚年还热心关注近代学术史的研究，使许多人为之感动。比如《九十年代日记》《思辨录》，就很有分量，别人是写不出这样的文字的。他在哲学与美学领域的建树，都不可小视。许多学人的书，读后可以不去再读，可是他的书却可以常常翻阅。在我的眼里，他的阔大与深切，延续了我国近代学术的一个传统。

1939 年，只有 19 岁的王元化写了一篇惊世的文章《鲁迅与尼采》。那是三十年代关于鲁迅的最有分量的论文之一，除了瞿秋白外，还没有人如此深刻地描摹了鲁迅的精神哲学。这篇文章显示了青年王元化的哲学功底，思辨的高度在那时是少有的。谈尼采和鲁迅，是个挑战，至今也没有多少人敢碰这个题目。我觉得他不仅谙熟鲁迅的文本，也深味哲学的流脉，那时他仅是据苏联的著作简单地了解德国哲学，基本的分寸把握却是到位的，不失一家之言。在反近代的尼采哲学与进化论思想之间，鲁迅摄取的方式与欧洲人是不同的。王元化以自己的灼见，敲开了进入鲁迅思想的大门。九十年代，我和友人在编近六十年来鲁迅论文集的时候，选取了这一篇稿子。那时就感叹他的目光之深，也暗想道：如果不是后来遭遇磨难，他的学术思想，会很奇异也说不定的。

四十年代他与胡风相识，成了这个朋友的作者。在胡风周围，有一批很优秀的作家和批评家，他是那里的一员。待到1952年他出版的那本《向着真实》，审美上依然有着不小的高度。世风虽然也影响着他，可是在精神的内力里，有不合流俗的地方。比如谈契诃夫、车尔尼雪夫斯基、别林斯基、罗曼·罗兰、果戈理，和周扬的看法是不同的。他是左翼批评家，可是支撑他思想的却是黑格尔辩证法与马克思的社会学理论。那个年代的理论有些教条的痕迹，他还能保持三十年代的某些姿态，实在是难得的。

我手里有他四本书：《向着真实》《文心雕龙创作论》《王元化评论选》《思辨录》。印象都是很厚重的思考，没有一般文人的那种职业的单调。他是个在旋转的坐标里静思的人，对美学、佛学、史学有独到的理解。他给我的印象是主张综合研究法的，从不孤立地看待问题。在对艺术的思考里，除了哲学的因素，还有史家的考据的功底。六十年代，他孤独地研讨着《文心雕龙》，使其文风大变，在什么地方有点与晚清学人暗合。黑格尔、鲁迅、魏晋玄学、刘勰、龚自珍、王国维都在一个调色板里被演示着，巍巍然有大家之气。这部审美的著作，包容了太多的信息，不同于黄侃之作，和学院派的单一化学科设置是相反的。他的学术语言儒雅、晓畅，考据与玄想暗含其间，将文学、史学、哲学打通了。全书爬梳、辨析很具才华，东方思维一直与西洋的美学理论对话，尤其对黑格尔的理解，有别样的色彩。你不觉得生硬，一切都那么有趣地交融着，两种思维被一体化了。当年读他的书，不太懂得深意，后来才知道，那里有他的生命的寄托。不仅超出了五六十年代的理论格局，连周扬这样的理论家，也难以与其比肩。在色调齐一的时代，他独奏一曲，从远古的地方走来，又向远古的地方走去，他和钱锺书的相似的地方是，把狭隘的世俗思绪引向了精神的高地，我们只有读这样的书，才知道文史哲融会贯通的要义。

1981年，鲁迅百年诞辰的时候，他写下了一篇沉甸甸的文字：《关于鲁迅研究的若干设想》。在我看来是那一代人最有高度的论文。与其说是鲁迅研究的宏观思路的开拓，不如说他学术理念的宣言。我一直很喜欢他的观点，以为现在还没有过时。鲁迅研究界有他这样气量的人，还不多见。这篇文章里，他谈到了中国学术的难题。那时候的学界还有许多禁区，形式主义的痕迹还没有消失。他却看到了我们思维里的盲点。比如鲁迅知识结构的形成，旧学与新知的关系。他从人类思想史的角度，看到了鲁迅审美境界的精神含量。当人们对现代文化的认知还停留在简单的意识形态里的时候，他却看到了纯粹的精神静观的形态。那时候我觉得他似乎更倾向于胡适式的态度，在学理上有着启蒙的用意。比如他对真的传记文学的理解，就和众人相反，希望国人能从更开阔的景观里审视世界，其间弥散着精神哲学的期待。他强调对比与综合，就受到了黑格尔与刘勰的影响，看法鲜活而有力。我在阅读他论述鲁迅与章太炎的文字时，感到了他对学术史的敏锐目光。只有深浸在史学与审美哲学的人，才会有那样的儒雅的锐气。而且他渐渐钝化了早年的锋芒，和胡适、钱锺书式的温润感叠合在一起了。

越到晚年，他的文字越古朴，对学识与人生境界的理解越有书斋的特点。其兴奋点在德国古典哲学、魏晋玄学、新儒学、莎士比亚研究、近代学术、戏曲等方面。广而杂，博而丰，早期的激烈与冲动被儒者之风代替了。所以一直处在热与冷之间，在什么地方有着陈寅恪的形影。在对青年的影响上，他不及李泽厚有广泛的热度，也许黑格尔方式已无法如康德方式更让人兴奋吧。在精神景深里，他也没有钱锺书那么汪洋恣肆，似乎缺少伟岸的灵光。我的印象，他是介于李泽厚与钱锺书之间的人物，当下的敏感与历史的敏感都有，却没有推向极致。这多半来自他的特殊经历。胡风事件后，他的状态由批评家式转为学者式。也自然，由鲁迅式的峻急变为陈寅恪式的沉潜。他对"五四"的反省，引来学界不同的看法，在坚持基本理念的同时，对那个时代"意图伦理、功利主义、激进情绪，庸俗进化论"的批评，也许还有可商榷之处，我们能感到他内心的复杂，这里也有深的焦虑与痛楚，只是这些掩藏得太深罢了。

当年王元化很欣赏熊十力的为学态度，魏晋文人式的洒脱令其颇为兴奋。他读了《佛家名相通释》后，感叹书中"分析与综合，踏实与空灵，四者兼顾而不可偏废，诚为读书要诠"。熊十力身上的"沉潜往复、从容含玩"之气，缭绕其身，已没有早年欣赏鲁迅之风时的紧张感了。就我所接触的他的有限的文字来说，他是个"踏实与空灵"兼备的人。与"意图伦理"下的功利主义越发远了，狂放的东西被什么置换着，甚至带有陈寅恪式的趣味。这个转换意味着什么，后人可能会深究其理。他的这一点与费孝通极其接近，看费先生晚年的著述，他们差不多交叉在一个层面上，内心的相通也是一看即知的，虽然他们未必彼此深知。

观王先生一生，一个重要的特点，是在学问上一直是今日之我与昨日之我相战。早先相信黑格尔式的本质主义，后来知道泛规律的理念有问题，转而佩服康德式的人物，承认人的有限性了。早期是左翼的文人，慷慨激昂，晚年有点民国学人的平淡之气，俨然是个宿儒。我读他的《思辨录》，在文脉上嗅出熊十力、陈寅恪式的书卷之气，虽然他与这些前辈颇不相同。在学术里，他几乎融进了全部的性情，文字里的暖意我们常常可以感到。他的存在，让我们可以返观学术的坎坷之路，思考百年来的风风雨雨。在大变动的世纪，思想者的选择是悲欣交集的。这些究竟能给世人提供的是什么呢？我们从中能体味的独到的存在是哪些？与"五四"那代人比是进化了还是退化了？他给后人留下的话题，实在是新旧杂陈、深浅不一的。

谈朱航满

我偶然在网络上读到朱航满的文章，是谈孙犁、邵燕祥的，印象很深。读他的文章，仿佛彼此早已是老朋友，内心有着深深的呼应。在学术与创作间有一个地带，类似旧时的小品笔记，介乎于书话与诗话之间，朱航满的文字属于此类。他的作品都不长，谈论的人物与图书很多，兴趣广泛得很。有趣的是他喜欢的对象有时在情调上相反，观点亦相差很大，但都能体贴地描述着，没有隔膜的地方。读了他这本书稿，第一感官是文字是很有才情的，把批评、随感融为一体，不像一般学者的文字那么八股调。接着就有凝重的思想的内省逼来，很有力量，有的读后难忘。这是本纯情的思想者的书，可在闲暇时作为消遣，但绝非读后掷去的什物，像深夜里突听到笛声飘来，在它沉寂的时候，你还会总惦记着它，希望在什么时候再响起来。那个幽玄而清新的旋律，倒是可以驱走我们独处时的寂寞的。

现代以来的学术分工，给文章带来不小的戕害，都从职业的角度言说，把丰富的存在窄化了。朱航满的作品是反抗职业化的自由之作，指点江山，笑对天下，就多了性灵的东西。而且他的思想活跃得很，记录了近三十年间文学与学术的痕迹。比如对鲁迅的理解，起点很高。他那篇谈曹聚仁的文章，就很有特点，自己似乎也染有自由主义文人的气息，精神是散淡和深远的。议论时弊的时候，笔下有批评的勇气，见识正合胡适的眼光。那篇关于黄裳的文章，考据与盘诘，多见功力，有丝丝锐气。讨论叶兆言、钱理群、王小波时，是心与心的对话，乃内心要说的情思，真诚而热烈。他行文带有感情，远离空灵，能切实地领会别人的世界。这是有暖意的文章，曹聚仁先生当年看重这些，而应者寥寥。此后遂难见类似的文字，我以为他是有这样的精神的。

文章写出来，有为己与为人之别，也有在己与人之间游荡的。这使我想起法国的蒙田说过的一句话，意思是不仅要表达自我，关键是在文字里要充分地理解他人。理解他人，不那么容易。鲁迅就说我们中国人很少想到"他人的自我"。专制主义与民族主义，都是没有"他人的自我"的概念的。所以，现代以来的好文学作品，在境界上给我们惊奇的，都是远离主奴意识与大中华主义的。我有时想，大凡拒绝此二点者，都是可亲近的吧。朱航满就是个可亲近的人，不仅有文章在，还有他的为人。记得在讨论台湾学者蔡登山的作品时，他有一个发言，厚道的语气给我很深的印象，许多话说得让人心热。没有俗气，还能和不同的观点交锋与辩驳，在气质上与"五四"的文人有些接近。虽然身处红尘，却无庸人的谬见，总是让人感动的。

"文革"之后，文伤于愠怍，戾气淹没了常理。唯张中行、汪曾祺、邵燕祥等保持了智性之光。王小波之后，文风朗健者多了。一是觉得比我们这个年龄的人洒脱，没有道学的痕迹，扭曲的心态少于前辈。二是他们主动回到鲁迅、胡适那代人的基点，重新审视我们的世界，不再是一个思路和一种观念的演绎，精神是包容的。回想我在朱航满这个年纪，还像个奴隶，脑子在套路里，只会学说别人的话，没有自己的声音。现在，在一个敞开的世界里，心可以直面着什么，不必害怕，相信个性的张扬才是读书人的路。虽然大家知道这条路还是长长的。

在这一本书里，作者谈到叶兆言的《旧时人物》，推崇有加。这大概能透漏出内心的一隅，那就是对儒雅而纯粹的书斋生活的体认。叶兆言的书香气令作者倾倒，他似乎从中看到人物漫笔的描写的价值。我们当下的写作日益粗鄙，有趣的文章还太少了。与此同时他对董桥、聂华苓、王元化的关注，大概都与此类心态有关。远远地看着他们，并不成为对象世界的一员，也因为这个距离感，使他没有定于一尊，思想是跳跃的，因为他知道，这个世界可驻足的地方，不在一个平台上。

他说自己最喜欢的是鲁迅，对路遥的书亦有感觉。都在证明作者的情感底色是什么，也由此隐隐地猜测到他对苦难感的态度。不过他似乎不愿意沉浸在苦涩的记忆里，思想是飞翔状的。他的好处是兴趣广泛，不被一个思路圈住自己，意识到摆脱人间苦楚有无数种路。相比较而言，他对性情的学人有种认可感，而对当代作家，似乎挑剔得很，原因也许是后者过于粗燥和乏味。读书之乐其实就是思考之乐。逃之于嚷嚷，安之于静静。书读多了，都会有这样的体验。

朱航满让我为他的书写几句，我很有些尴尬，因为他说的那些话，已使我看后无话可说，自己已不能讲出什么新的东西。为人作序，难免有作秀的一面，我其实不止一次这样了，说起来真是惭愧。不过，相信不仅我这样的年龄的人会喜欢他的书，许多更年轻的朋友也会注意到这本趣味横生的随笔。一代人有一代人的眼光。"五四"以来形成的文体，其空间还是那么的大。那长长的路还没有走完的时候。只是有时弯曲，有时笔直，有时隐秘。好的文章，在我们这个时代不是没有，只是我们有时没有看到而已。

2008 年 11 月 9 日

苏东海先生

　　博物馆在中国才百年的历史，我孤陋寡闻，印象是有关的妙著还不多。建立博物馆学的理论，应当说是有挑战性的，没有杂学与专门的学识，大概是困难的吧。因工作的关系，我近年接触了许多苏东海先生的文章，才知道这门学科大而深，广无际涯。我觉得大凡搞博物馆工作的人，不妨读读苏东海的文集，此无它，乃因为见识、修养都很高，不能不深深地佩服。由于他的文字，我才懂得了博物馆学的形态。

　　我和苏东海先生的交往，是先结识人，后读其文，开始是零零散散，后来读其大作《博物馆的沉思——苏东海文集》，印象转而为立体的，觉得他是个了不起的博物馆学的学者。他很文雅、谦逊，然而有力量，思想是有锋芒的。或者说，他做的都是开创性的工作，精神哲学与史学的光泽照着他的文本。较之博物馆界平庸的话语体系，他呈现的是一个智慧的世界，文明的载体的思考者，如果没有这样的智慧作先导，我们的遗产研究是苍白的。

苏先生早年在北大读书，见识过京派文化的起落。他接触过许多有趣的前辈，算是胡适的学生。也亲历过左翼文化的运动，在心灵深处领略过多样文化的脉息，精神的参照是多的。他的思路里有文化的静观的因素，不都是流行的概念。博物馆的本体是什么，如何看待遗产文化、科学文化、审美文化、传媒文化的复合功能，博物馆的价值观与传统哲学的联结点在哪里，怎样嫁接西洋的思想理念？都是他苦苦思考的话题。当人们对旧有的遗存还停留在一般的应用式的理解的层面时，他已沉浸在历史的深处，和种种平庸的理念对峙着。在中国，从事文化遗产的保护工作，要面临诸种挑战。一方面是意识形态与历史语境的磨合，另一方面是特殊价值与大众心理的对视。自然，其间也有东方语境与西方语境的冲撞，他自己就苦苦地寻找着惬意的存在。在我们旧的知识谱系里，是没有这样的因子的。

　　六十余年来，中国的博物馆理念一直变化着。其间的风雨在改变着人们的精神。苏先生自认为自己是一个马克思主义者，看他的文章是这样的。但他说自己并不拘泥于马克思主义的只言片语，学会的是马克思的方法论的东西，能够从自我审视和批判出发，在变化中建立学术理念。鲁迅式的峻急和胡适式的宽容他大概都喜欢，在沉思的时候这两个传统似乎是并行不悖的。这似乎是一种矛盾，可是在他那里是辩证地延伸着，不是直线地挺进，而是回旋地攀缘。他的问题意识向来是中国式的，当专注于西方的理论的时候，不忘情于东方式的转换，所以其间不难看出民族的自尊。我注意到他与西方学者交流时的心态，就是把问题拉到中国的实际中。所以，即使在讲全球化的时候，他也是考虑个性的问题，没有西崽的样子。西方学者是确信有一个统一的博物馆学的，苏先生却一直在洋人的参照下考虑有国家特性或有地区个性的博物馆学。一方面窃来域外的火，照着自己的路，一方面从东方的文明里找自己的表达式，是极其难得的。我读他的书，没有道学气和说教气，他对博物馆的庸俗理念的警告，及对简单化思维的唾弃，都有镜鉴的意义。在谈到新博物馆运动的时候，他说了一句有趣的话："我认为新博物馆运动最大的成功，也是它最大的贡献在于它有勇气去否认传统，而它最大的失误也在于否认传统。"这具哲理的话，也是他思想活力的地方。常常在闪亮的地方看到黑暗，警惕逆反的存在，那是马克思的逻辑，他真的是灵活地运用了。

苏先生是个有境界的人，他对许多学科的知识感兴趣，又非一个实用主义者。习惯于在物的背后捕捉精神的灵光。他的思想有弹性，将博物馆的本体放在很宽广的思路里去打量，有文化哲学的影子。你毫不觉得是空泛的演绎，一切都建立在扎实的考辨的基础上，又有思想的高度。比如他对博物馆的收藏职能、研究职能、教育职能的考量，是哲学家式的关注。他说："三者是同心圆的关系。圆心是物的收藏，内圆是科研，外圆是教育"。都是会心之论，阅之爽目，如风扑面，有性灵于斯，其乐非平庸者可享也。

我过去不懂博物馆的理论，以为不过浅显的存在。苏东海先生让我改变了看法，才知道其间的道行不凡。中国的读书人，重复别人者多，亦步亦趋者众，而拓荒的却少而又少。我以为苏先生是个拓荒者，他走在我们的前面，在没有路的地方走出了路。仅此，我们这些后人不得不三致意焉。

关于林斤澜

汪曾祺去世后，林斤澜与汪家子女一起去郊外为老友安葬骨灰，回来后，写了篇文章《安息》，结尾道：

> 高楼远近不见人，只听见大小回声，重叠合成一片天籁。洪荒大化，不知所之。

这真是妙文，作者写的是那天的感觉，其实也写出了生死之命。得知林斤澜去世的消息后，不知怎么，竟想起他生前这段话来。汪曾祺之后，他是北京作家圈里最受人尊敬的老人之一。且不说他的人格，就其身上的神采而言，可及之者不多。先生一去，琴弦无声，草木暗伤。他和汪曾祺的形影一起"洪荒大化"去了。

关于林先生的文与人，早有文章谈及，兹不赘述。想起和他的交往，我们谈论最多是鲁迅。他对鲁迅的喜爱，都藏在内心，从不张扬。记得在九十年代，他在《读书》杂志写过一篇《故事新编》的心得，留下很深的印象。在我看来是极为难得的作品。后来在一些关于短篇小说的讨论文字里，他多次以鲁迅为例，讲精神的独创带来的快感。那些话都有分量，是作家的偶得，没有文艺腔与理论腔，流动着蒸腾着热气的声音。我们的学者谈论鲁迅时，不免学究气与读书人的架子。他没有这样的问题，文字直观，含有余音。和他这个人一样是很好玩的。

林老谈论鲁迅只限于小说与一些散文，及《中国小说史略》。不太涉及思想史的内容。即从作家的眼睛打量对象。看到的是一些艺术的玄机。我觉得研究鲁迅的教授们，有时候不妨看看这样的老人的心解，与象牙塔里的高头讲章确乎不同。他的感受与概括力，都停留在知性的层面，有的只是灵光一现，而精妙动人。比如在《短篇短篇》一文里，他写道：

> 鲁迅先生专攻短篇，他的操作过程我们没法清楚。不过学习长篇，特别是名篇，可以说在结构上，篇篇有名。好比说《在酒楼上》，不妨说"回环"，从"无聊"里出发，兜一个圈子，回到"无聊"里来，再兜一个圈子，兜一圈加重一层无聊之痛，一份悲凉。《故乡》运用了"对照"，或是"双峰对峙"这样的套话。少年和中年的运土，前后都只写一个画面，中间二三十年不带一字。让两个画面发生对比，中间无字使对比分明强烈。《离婚》是"圈套"，一圈套一圈，套牢读者，忽然一抖腕子——小说里是一个喷嚏，全散了。《孔乙己》在素材的取舍上，运用了"反跌"。偷窃、认罪、吊打，断腿，因此致死的大事，只用酒客传闻交代过去，围绕微不足道的茴香豆，却足道了约五分之一的篇幅。

只有小说家才这样谈鲁迅，真是好玩得很。不过这只是技术层面的话题。林斤澜其实更喜欢鲁迅的气质，这气质是什么呢？那就是直面灰色的生活时的无序的内心活动。他不愿意作品直来直去，而是在一个点上开掘下去，进入思想的黑洞里，在潜意识里找自己精神的表达方式。汪曾祺写他的评论时说，其小说读起来有点费事，故意和读者绕圈子，大概是为了陌生化的缘故。比如"矮凳桥系列"，在小说结构上多出人意料之笔，意蕴也是朦胧不清的。这大概受了鲁迅的《彷徨》《野草》的影响，但更多是夹杂了自己的体味。在一种恍惚不清的变形里，泼墨为文，走的完全与传统不同的路，也是与当代人不同的路。

看多了他的文章，一个突出的印象是，他对人生的看法有点特别，那就是觉得人的未来的路，是不确切的。他不想停留在确切性里，而是直面不确切。仿照鲁迅的剧本《过客》，他也写了一部《过客》，内容几乎一致，只是对话略有改动。剧本是肃杀凄婉的，但过客的独白饶有趣味。我曾想，在境界上，他还不能超越鲁迅的文本，为什么做这样费力不讨好的作品呢？也许是为了袒露自己的生命哲学也未可知。那篇作品，值得从文本上考量，似乎透露了他和鲁迅传统的关系。在精神的深处，他确是一个鲁迅党的。

但他绝不是在一个精神参照下的鲁迅党。他的理解鲁迅，就是不要成为鲁迅小说的奴隶。因为鲁迅精神与审美的过程，就是不断走的过程，一旦停留下脚步，生命就终止了。所以他说：

> 鲁迅先生塑造的典型至今高山仰止，他是从这条路攀登艺术顶峰的。不过这不是唯一的路，过去曾经为我独尊，总是第一还不够，非要弄成唯一，作茧自缚。艺术的山不是华山，是桂林山水。

他谈论鲁迅的时候，多是在现代语境或者与另类的作家对比里进行着。在讲短篇小说的技巧与境界时，常常和沈从文、老舍这样的作家互为参照地来谈，别有意味。他十分喜欢汪曾祺，两人交往之深，已成佳话。但他和汪氏走的是不同的路。汪曾祺弹奏的多是儒家的中和之音。而林先生则是幽思里的颤音，直逼精神的暗区里无序的地方。在某种程度上讲，他喜欢迂回婉转、翻滚摇曳的审美之风。如果说汪曾祺和王维略有相近，那么他无疑带有李商隐的调子了。虽然他们并不是王维与李商隐。林斤澜的审美快感多是从古代意味的作家那里得来的，但却没有古典作家的那些儒雅与静谧。倒是和卡夫卡、鲁迅同流了。

这同流的过程，一个突出特点是一直强调自己的困惑。他一生纠缠的就是各种困惑。比如现实主义流行的时候，他就觉出单一性的可怕，总在自己的文字里流露出叛逆的东西来。一般人写"文革"，声泪俱下。他却进入精神变形的思考里，搞的是古怪的断章。他虽然强调艺术创作要考天籁，但却一直对未开启的精神之门有敲扣的意图。《隧道》一文就写出卡夫卡、鲁迅式的感觉，在一种荒诞与怪异里，自嘲己身。阴阳两界之间扑朔迷离的隐像，交织在作品里，有着几丝冷意与无奈。世间万物都在一种曲线里闪现着自己的姿容。林斤澜大概觉得，在直线里不能表现本真，曲线才合乎自己的目光。鲁迅式的思维给他的益处是，常常从表象看到相反的东西，不愿意被外在的东西所囿。比如谈到李叔同，人们说他完全超尘脱俗，可看到其死前写下的"悲欣交集"四字，他就说"我相信那是真实，我佩服那是真实的高僧。悲欣也还是七情六欲，写下来更是要告诉世人，对世俗还有话说。"一次议论到对知堂的评价，谈到孙犁的观点，他就很是不解。孙犁说知堂这样的附逆之人写不出冲淡之文（大意），林先生却承认在知堂那里确实读出了冲淡。林先生很尊敬孙犁，但此处却各自东西，不一样了。

他对世人的各种观点不都盲从，相信的是自己的感觉。许多作品就写恍兮惚兮的意象。也许人们说那里有些混乱，过于晦涩，是非逻辑的。可是他认为真的世界不是语言能涵盖的。与其相信概念，不如认可感觉。对小说家而言，有时候飘忽不定的感觉才是作品之母。

晚年的林斤澜思想活跃，没有一点道学气。他那代人没有道学气是大不易的。原因在于读懂了社会这本书，和鲁迅的思想越发共鸣起来。鲁迅对他的影响，我猜想是人生观的因素第一，艺术理念第二。他赞佩鲁迅的小说惜墨如金，从不漫溢思想，自己呢，也恪守着这个原则，安于小桥流水，从不宏大叙事；他欣赏鲁迅杂取种种的开阔的视野，在笔耕里也不封闭己身，总在找突围的办法；他羡慕鲁迅笔下的谣俗之调，以为未被洋人的韵致所俘，找到了本土的表达式，多年来也学着从故土语言里生出意象。鲁迅给他最大的影响，大概是睁了眼睛打量世界，不被幻影所扰，强调的是思想的真与艺术的真。那篇回忆老舍之死的文字，含悲苦于斯，和巴金的文字庶几近之。他写过一篇散文《说瘾》，在文本的背后响的就是《狂人日记》的声音，不乏智性的闪光。在记忆的打捞里，他从不回避苦涩，而是直面苦涩，咀嚼苦涩，其间亦不免残酷之色。既不回到老庄的世界自娱，又不和流行的东西为伍。思想与文字都保持了鲜活的气息。他知道自己的那些东西不过文坛小草，失败的时候多，可是那是自己园地里的东西，杂花生树，也不是不可能的。